JN124747

溺恋マリアージュ。

～偽装妻ですが極上ＣＥＯにとろとろに愛されています～

王様のキス

——この男はどんなセックスをするの。

豹牙廉(ひょうがれん)へのファースト・インプレッションは、ただただこれに尽きた。

『色気だだ漏れの三十代』『女慣れした色男』『飛び抜けて仕事がデキる』『ガタイが良く、とにかくタフで負け知らず』。

どれも腹違いの妹が並べた理想の男像、もとい婚約者の条件だった。妙に具体的でやけに偏(かたよ)っているのは、最近ハマっているオフィスラブ小説のオラオラヒーロー数人のスペックを掛け合わせたかららしい。

小説や漫画では、ヒロインに都合のいいイケメンがいくらでも用意されている。けれど現実にはそんなヒーロー達はいないからこそ、読者は夢を見たいのだ。

そんな、ちょっとあり得ない理想だらけの条件だったはずなのだけれど。

——その全てをクリアする男が実在するなんて、誰が思うの？

「——来たわね、本日の主役が。相変わらずイイ男」

都内某老舗（しにせ）ホテルの大広間。フロアにはクロスがピンと張られた無数の丸テーブル、天を仰げば豪華なシャンデリア。

そんな、とある企業の懇談会と称した立食パーティーに、その男は毅然（きぜん）とした態度で現れた。螺旋（らせん）階段を下りてくる様は雄々しく、猛々しくもある。その後ろには、三人の男女。

参加者、特に女性達は興味津々の様子で、ひそひそと言葉を交わしはじめていた。

「主役は社長では？」

「近年うちの経営は右肩下がりでしょう？　そこで、フリーランスのやり手経営コンサルタントを雇ったって話。経営が落ち着くまで、彼は最高経営責任者（CEO）としてうちのトップに就くそうよ」

フリーランスとは、企業や組織に属さずに、個人として仕事を請け負う個人事業主のこと。

彼らの場合は、四人の個人事業主がチームを組んで動いており、中でもあの男は飛び抜けた実力を持つ叩き上げの成功者である。

「ああ、聞いたことある、フリーの立て直し屋ね。倒産寸前の企業を幾つも立て直してきたとか」

「はぁ、どこをとってもその辺の男とは次元が違いすぎる」

そうした情報は既にインプット済みだ。そんな私はというと、彼女らの囁きを耳に入れながらも壁沿いを歩み、多方向から彼を観察していた。

一目でわかった。あれが豹牙廉なのだと。

独立して二年。三十五歳独身。男性にしては長めの、けれど男らしさを増長させる潤沢を帯びた黒髪が風になびく。スーツ姿は締まって見えるが、背筋も胸筋も大きく膨らんでいる。さすが元ラガーマン、体格は相当いいらしい。野性的な眼差しの中にも品があり、端整な顔立ちは知的さを引き立てていた。これだけ離れていても男の色香が伝わるよう。

言うなれば〝フェロモン拡散器〟。

——本当、どれだけの経験を積めばああなるんだろう。あのタフなカラダで、どう表情を歪めて、どんなふうに女を抱くの。

「あれは樹奈の手に負えなそう」

そもそも妹——樹奈の理想はヒーローとしては格好いいが、女を幸せにするタイプとは思えなかった。特に、ああいう男が一人の女性を愛するなど、無理に決まっている。

——王子様っていうより王様かな。

「覚悟して。王様」

彼が螺旋階段を下り切るタイミングを見計らい、壁から離れて今度は縦のラインを歩む。

彼が女性達に囲まれる前に、ベストポジションを確保したい。

家柄のせいで、多くの企業は私を相手にしてくれない。とはいえどうしても自立したい。だからこそ、フリーランスで仕事を請け負う豹牙廉のもとへやってきたのだ。

道を塞ぐ人を押し退け、かき分け、足はひとりでに逸る。

「うわ。立食パーティーにリクルートスーツ？　ないわー」

——自分の会社が経営難で苦しんでるっていうのに、懇談会に老舗ブランドのフォーマルドレスなんて、それこそないわー。

「イッテ！　なんだ今の。今ぶつかった女の胴体、めちゃくちゃ硬かったんだけど」

――本当にキツいんだから。ボディラインが出ないように締め上げた、貴族御用達コルセットは。

「あんなごっつい脚で膝上スカートなんか穿（は）かなければいいのに」

――独りでも生きていけそうと言われ続ける脚の秘訣は、ゾッキサポート五枚重ね。

「なんだあれ、おかっぱが凄い勢いで駆け抜けてくぞ」

――これはショートボブ！　もちろん特注ウィッグ。

寸胴、大根足、おかっぱ頭――女として致命的な身形（みなり）だと罵られようが構うことはない。譲れない決意を胸に豹牙廉の目の前を陣取り、迷うことなく顎（あご）を引き上げた。

「豹牙ＣＥＯ。この度は就任おめでとうございます。本案件をサポートさせていただきます、フリーランスの秘書（セクレタリー）、朝比奈恋（あさひなれん）と申します」

「こけし……」

「……よく言われます」

――間近で見るといっそう体格がいい男。私なんてすっぽり埋もれちゃいそう。

「俺はセクレタリーなんか雇った覚えはねーぞ？　何かの間違いじゃ――」

「俺、面接したよ。足繁（しげ）く何度も俺んとこ通ってくれてさ。朝比奈さんって経歴がすげーんだよ、留学して国際秘書資格（ＣＢＳ）も取得してる。少し楽できるかもよ、いいんじゃない？」

「拓真（たくま）おま、いつの間に」

いいところで助け舟が入り、ほっと胸を撫で下ろした。

違和感なく会話に加わった彼は、豹牙廉の右腕と言われている澤村（さわむら）拓真。

「最近は派遣で企業を転々として経理スキルを磨いてたんだっけ。うちの店でも有名だったわ〜、恋ちゃんの通り名は、そう、〝コストカッター〟」

「凛（りん）、おまえもこいつ知ってんの？」

「偶然ね。私がピアノ演奏してたバーで出会ったの。私が演奏する日は必ず来てくれたのよ」

化粧品の宣伝ポスターから飛び出てきたかのようなこの美女は、元ＳＥの金崎（かねざき）凛。

「やあ、朝比奈さん。確定申告の時はまた頼ってくれていいからね」

「助かります。その節はお世話になりました、緒方（おがた）先生」

そして最後は弁護士と公認会計士のダブルライセンスを持つ緒方道三（どうさん）――全てこの男のチームメンバーである。

「おい、緒方さんもかよ」

移りゆく豹牙廉の視線は、最後に私に向けられる。

「豹牙さんはチームの皆様をとても信頼されているとお聞きしましたので、外堀から埋めさせてもらいました」

よそ行きの顔でにこっと笑むと、彼はぐにっと眉を歪めた。

「今の感じからして、だいぶ前から仕込んでいやがったな？」

「どうでしょう」

「なんで俺んとこに？　そんな腕があんなら、引く手数多（あまた）だろ。国際秘書（ＣＢＳ）検定まで受けて、なぜ派遣に留まってた？　しかも転々と」

「派遣に関しては家の事情です。叩き上げでそこまでのし上がった王様に興味があるの」

「……へえ。見上げた度胸」

秒刻みでギャラリーは増えていく。

この男の容姿について？　それとも私のフォルムについて？　ひそひそ話をしている人々から、拓真さんがいい具合に世界を隔ててくれるわけだ。

「すげーな、朝比奈さん。廉を前にして色恋よりビジネスとか。なんとも思わないの？　この色男」

「思ってますよ？　どんなセックスするんだろうって」

――やっちゃった。

本来の姿を隠しまくっている反動なのか、なんでかたまに本音が全然隠せない。

ビジネストークに弾丸を撃ち込んだのだから、当然チームメンバーは目を丸くしている。ところが豹牙廉だけは違っていた。興味深げに私を見つめている。

「俺も。やたらと鼻が利くタイプ。試してみたいことができた」

――なんだろう、この感じ。

「私、恋」「俺も廉」的なありふれた会話なのに、妙なエロスを感じ取ってしまう。

「レーーンーーー!!」

なんて、一瞬ぼうっとしている間にも、私の就活の場は土足で荒らされていく。私に劣らぬ勢いでギャラリーを圧倒する、かん高い声が会場に響いた。王様目当ての女性らしい。

豹牙廉の眉がまたもや歪（いびつ）な形を描く。

「あー、面倒なのが来た。朝比奈だっけ。ちょっと俺の相手して」

「はい？　って、ちょっとの意味がわからなっ――」

「これが最終面接だと思えば？」

あれが彼女なのか遊びなのか、はたまたセフレか、わからないけれど。大方あの女を切りたいがために、私を利用しようとしているのだろう。

だとしても公衆の面前で、あまつさえビジネス絡みの懇談会の場。分厚い両手で頬を挟まれている姿は異様である。

「ほら、口開いて？」

「なぜ？」

顔が引き寄せられたことで身体まで引き上げられ、いよいよ踵（かかと）が浮く。

「あいつしつこいんだよ」

「言い寄ってくる女くらい、自力で蹴散らせますよね？」

「朝飯前。けどやられっぱなしは性分に合わないんだ、付き合えよ」

負け知らずの王様には、私のやり方が癇（かん）に障（さわ）ったらしい。だけど、そうでもしなければ私なんて相手にもされず、門前払いを食らったに違いない。

たかが一度きりのキスで雇ってくれるというなら願ってもない話。けれどこの男に限っては、そこの一線だけは越えてはならない。そう警鐘を鳴らすかの如く、私の全細胞が震えた。

「間近で見ると余計こけしの圧がすげーな」

「ほっといて」

「それぞれのパーツは悪くねーんだけどな」

「良くもないのでお気になさらず」

「おまえ、脱いだらそこそこの女だろ」

「――え」

――やられた！

「……んっん。ふ、ぁっんん」

荒々しく押し付けられた唇。躊躇なく押し入った熱が、容赦なく口の中を犯していく。

抵抗しようと二つの拳で叩いたところで、分厚い胸板はビクともしない。頬をしっかりホールドされていて、顔を背けることもできない。与えられるままにただ乱される。耳にしたことのない自分の声に困惑する。

「思った以上に可愛い鳴き方。もっと開けよ、そんなんじゃ俺は挿入(はい)んねーぞ」

「んっんぅ、ん」

なぶるような口振りに不敵な笑み。どこからともなくやってきた酷(ひど)い熱がかあっと顔中を覆った。

思わず目がチカチカするほどのエロスにあてられてしまう。

――今舌まで入れる必要がどこに⁉

なんてことも言わせてくれない。私がやっと息継ぎをしたところでまた唇を塞がれる。何度も角度を変え、こちらの力が弱まると大胆に舌を絡ませてきた。

「おまえのなか、小さいな。奥まで届きそう」

「んっんっんん……」

そう言ってなかを覗き込んで、また唇を塞ぐとそこを擦られて、絡まった舌先は器用に抜き差しされる。かと思えば物凄い吸引力で舌を吸い上げる。

カクンと落ちそうになった腰を支えたのは、股の間に差し込まれた無骨な膝だった。

「っ～～～！　吸うの、だめ」

「吸われるの好きなんだ？　ＯＫ」

「い、ゃ――んっ。ふ……」

きっと見えている、サイドに位置したギャラリーには。濡れそぼった舌が二つの唇の間で絡み合う様が。

彼はそれを見せびらかすようにわざと淫靡な水音を立てて私を羞恥に晒すのだ。さも得意げに。

「もうやめて。お願い」

どうにか口にできたささやかな抵抗。それすらも王様は糧にして、いやらしく微笑むのだった。

「なんで？」

「恥ずかしいのっ」

「たかがキスに感じまくってる自分が？」

――たまらない。

どこもかしこもカッとなり、残っているありったけの力で目の前の男をどんと突き放した。

――ドS。知らない、色欲をそそるこんなキス。

昂然と濡れた口元を拭う様は、捕食が済んだ肉食獣のよう。果たして私が相手にしていい男だったのかという疑念が頭をもたげる。

「ヒュー！　容赦ねぇなー、廉」

「〝ダブルれん〟の誕生ね。恋ちゃん生きてる～？」

余りにもこの場に似つかわしくない出来事を前に、ギャラリーはしんと静まり返っている。あっさり受け入れたのは拓真さんと凛さんだけのようだった。

「廉！　何よこの女!!」

「見ての通りだろ」

そして彼女もまた面白くないはずだ。目前にまで迫っていて、とにかく圧が凄い。

「確かこの女性……」

「ああ、一時期俺のチームにいた高梨祥子」

豹牙廉のキャリアを辿る過程で、写真と名前は見たことがあった。

国会議員の公設秘書を務めたこともあるという、ベテラン秘書である。初対面だけど、私はアンチ高梨祥子。というのも、私のポジションと被るのだ。

「（手を出したの？）」

「(出してない。一人で逆上せあがってる)」

隣に立つ男とひそひそと言葉を交わす。

気品溢れる美人顔に、スレンダーなモデル体型。なんと言っても唇横のほくろが色気に華を添えている。彼女ならそれなりのレベルの男を簡単に捕まえられるだろうに、この男はこれほどのバリキャリまで夢中にさせてしまうのか。なんだか色々と苛立って仕方ない。

「廉、目ぇ大丈夫？　この子、まるでブサイクなこけしね。あんたみたいなのが廉に構ってもらおうだなんて百万年早いのよ。仕方なくキスしてもらえたのよ、勘違いしないでね」

平手でどんと胸を押され、自ずと左足が一歩後ろへ下がる。

――どちらかと言うと私の方が被害者なんだけど。なるほど、これは面倒そう。

「ほら邪魔よ、帰りなさい。この案件で廉の秘書に戻してもらうためにわざわざ来たんだから。それで今度こそ落としてみせるわ。ねぇ廉？　こんな女より私の方がずっと楽しめるでしょ？」

散々蔑まれてきた身形をどう言われようが少しも胸に刺さらない。もっと言わせてもらえば、王様の痴情の縺れなど些末なことに過ぎない。けれどここまできて一世一代の就活を邪魔されるなんて真っ平御免だ。

――『俺の相手して』？　いいでしょう、王様のお望みのままに。

猫なで声で王様にすり寄る高梨祥子へ向けて、目尻を下げ口元を存分に緩ませた。

「高梨さん？　高梨祥子さんですよね。わぁ、こんな所でお会いできるなんて！　私、高梨さんと同業なんです……といってもまだまだ卵ですが。陰ながら尊敬しておりました。バリバリ働いて実績を積んで、とてもカッコイイ女性だなって」

「え、ええ。そうだったの？　ありがとう」

「大変申し遅れました、豹牙の妻――恋と書いて〝れん〟と申します。この間柄で、秘書も務めさせていただいております。といっても、この人はこの通り女性関係がややこしいので、整理がつくまでは内縁の妻なのですが」

――延々と整理つかないだろうから、永遠に内縁だろうけど。

突拍子もない私の大嘘に、王様は「そうきたか」とでも言いたげに額に手を当てている。一方彼女は面食らったかのように見えたのも一瞬で、すぐに疑いの眼差しに変わった。

「百戦錬磨の廉が、その、普通の女性に？　結婚願望ないって言ってたじゃない。あり得ないわ」

「それがこの人、美人には飽きてしまったみたいで。そこら辺に転がっていそうな小石(私)といるとほっとするって言ってくれたんです」

「おまえはこけしだろ」

「やだもうアナタ。ネクタイ曲がってる！」

――誰のために演技してると思ってるの、乗ってきてよ！

ぐいと引き寄せ視線で訴えると、豹牙廉は笑いを堪(こら)えるようにふいと顔を背けた。

「……小石もよくよく見れば可愛いんだ」

「嘘でしょ、廉っ」

「祥子さん、フルートがお上手でしたよね。披露宴ではぜひ一曲披露してくださいませんか？　豹牙廉の友人代表、そして私の憧れの女性として、祥子さんを皆様に紹介させていただきたいです」

自信とプライドの塊であるこのタイプは相手が既婚者だろうとグイグイ来そうなものだが、不倫は今や積み上げたキャリアを奈落の底に突き落とすほどのスキャンダル。

何よりこの手の女は、公衆の面前で醜態を晒すことを良しとしないはず。

「……そう、廉の披露宴なら著名人も……。招待状を楽しみにしているわ。ケチ付けて悪かったわね、お幸せに」

脳内で損得勘定を済ませたらしい。頭の良い女性で助かった。

こうして高梨祥子は思いの外すんなり帰っていったのだった。

「おい。ネクタイ曲がってんだろ、早く直せよ、嫁」

さて、ライバルを蹴落としたはいいが、こちらの収拾の方が面倒そうだ。

「あいにく妻でもセクレタリーでもありませんのでいたしかねます、アナタ」

初対面で濃厚なキスをされるし女除けに使われるしで、散々な目に遭った。思っていた以上にとんでもない男なのかも知れない。

そうは言っても今の私には余裕がない。どうしてもビジネスマンの豹牙廉が欲しい。

並々ならぬ覚悟で、改めて王様を見上げた。

「～～～根回しは完璧、コストカッターから女カッターもこなす、おまえという女に興味が湧いた。――明日から出社しろ。朝ならＣＥＯ室にいる」

「承知しました、よろしくお願いいたします。お手柔らかに」

かくして、腕一本で業界内トップに君臨した王様の懐に入ることに成功したわけだが、この日、自立への飛躍的な一歩より遥かに尊いものを得たことに、この時の私が気づくはずもなかった。

＊＊＊

その晩、ホテル内のラウンジにて廉率いるチームメンバーは珈琲ブレイクを入れていた。

「やってくれたわね～、恋ちゃん。廉に立ち向かった上にあの祥子さんを自主的に帰らせるなんて。貰ったお菓子も美味しかったし、私は歓迎よ」

「俺も貰った！　予約必須で開店同時に完売するっていう……」

「〝ザ・キャラメルガトーショコラ〟ですね？」

「「先生、それ!!」」

歓迎ムードで和気藹々と語り合う凛、拓真、緒方。対して廉は、一人不機嫌そうに顎を突き出す。

「揃いも揃ってほんの小娘に上手いこと懐柔されてんじゃねーよ」

「そういう廉も、抱き込まれた一人じゃないの」

「俺はキャラメルなんとか貰ってねーぞ」

凛の含み笑いを横目に、廉は不貞腐れたように豪快にソファへ身を沈めた。

「廉は賄賂的なの大嫌いでしょ。まぁとりあえず、〝ほんの小娘〟じゃないってことは確かだ」

自分の言葉にメンバーが一斉に首を傾げたのを満足そうに見届け、拓真が得意げに語り出す。

「俺だってこのチームに愛着も誇りもあるからね、そんな簡単に新メンバーを入れるわけにはいかないんだよ。女は特に、高梨祥子の前例もあるし。面接に来た後で調べたら、あの子、市井オートの御令嬢だったよ」

これには全員が目を剥く。中でも最も驚いていたのは廉だったろう。

「まさか。市井っつったら、日本でトップシェアを誇る自動車会社だぞ」

「そのまさかなんだよ。一流企業の令嬢だったら仕事なんかしなくていいし、お洒落と恋愛に遊び呆けていたらいい。なのに、自力でスキルを磨いて自分の足で立とうとしてる。市井の〝い〟の字も出さずにね。極め付きに目を付けた就職先が廉。いい根性してるよ」

とても信じがたいと、廉は頬杖をつく。それでも背筋に迸る根拠不明の高揚感を抑えきれない。

「とんでもねーお嬢様……いい女」

一杯の珈琲に浮かぶ、ひとかけらの砂糖菓子。王様はそれにそっとキスをした。

王様のふいうち

戸籍上の名は市井恋。二十四歳。勝手が許される場では母の姓・朝比奈を名乗っている。

父は日本トップの自動車メーカー「市井オート」の社長。唯一の頼りだった母が病気で亡くなり、私が十三歳の時にこの家へ迎え入れてくれた。

父は今でも良くしてくれている。学業についても援助を惜しまず、留学までさせてくれた。何より雨風を凌げる家に加えて、令嬢に相応しい洋服や食事まで与えてくれて、父には本当に感謝している。

私は市井の愛人の子。

「――おかえりなさい、恋さん」

――「おかえり」なんて、言われたの何回目かな。

仰々しいほど大きな玄関扉の先で、待ち構えていたように私を出迎えた彼女は、私の義母である。

いつもは物音を立てても出てきやしないのに、今日はよほど特別な用事があるようだ。

「どうでした？　樹奈のお相手の豹牙廉さん。見に行ってくれたのでしょう？」

「ええ、あれは女慣れしすぎています。仕事の腕はかなりのようですが、結婚には向かない男かと」

「……そう。けれどそれでもお釣りが来そうなくらい男前でしたでしょう。可愛い樹奈にはそれくらいの殿方でないと。すぐにでも、お見合いを申し出ましょうね」

――やっぱり。私に見せつけるためだけに偵察へ行かせたのね。

樹奈の婚約者候補がどんな男か見てこいとこの義母に言われてあのパーティーに潜り込んだのだが、それを名目にちゃっかり内定を貰いに行ったのだから、私としても好都合だった。

市井の名前が逆に邪魔をして、ほとんどの企業に拒まれてしまうため、フリーランスで活動するチームは好条件だった。それに彼ほど秀でた才能は貴重だ、その隣で自立できるだけのスキルを盗みたい。

――とにかく一日も早くこの家を出たい。

「あぁ、恋さん。お夕食は二十時から、お風呂は二十二時以降にお願いしますね」

「承知しております、お義母様」

さして気にしたことはないが、私はこの家で一度も一番風呂に入ったことがない。

父と義母は政略結婚だったらしい。結婚した相手が目をかけて愛情を注ぐ愛人の娘は、義母にとってさぞ目の上のたんこぶだったろう。

実の娘である樹奈を異様に可愛がっているのもそのせいだと思う。

この扱いに慣れたと言えばそうなのだろうけど、言うことを聞いていれば害はないし、暮らすだけには十分すぎる家だった。

「――恋、もう出るー？」

バスタイムは決まって二十二時過ぎ。シャワーを浴び、脱衣所へ出たところでノック音が響いた。

「んー、もうちょっと。あと着替えるだけだから入ってきていーよ」

「ま、待ってるから」

「なーに照れてるの？　二年前までは一緒に入ってたのに。いいから入っておいで、悠」

「それゆうなし！　俺だってもう年頃の男なんだぞ！」

とかなんとか真っ赤になりながらも、中に入り化粧台横の丸椅子にちょこんと腰掛けたのは、市井悠。樹奈の弟で、私にとっては異母弟。今年の春で小学五年生になる。

ビー玉のように透き通った茶色の瞳、毛先がくるんとした天然パーマがなんとも愛らしい。

「なかなかオムツ取れなかったあの悠が年頃ねー」

「それやめろって」

「はーい」

悠はこの家で一番私に懐いている。父は仕事人間で家を空けがちだし、樹奈ばかりを盲愛していた義母は、生まれた悠の育児を私に丸投げした。悠の育ての母は間違いなく私である。我ながら、悠は真っ直ぐ純情に育ってくれたと思う。

「何かあったの？　また寂しくなっちゃった？」

「ち、ちょっとだけな！」

——お義母様にまた小言でも言われたかな。

とりあえずタオルを体に巻き、弟の肩をぎゅっと抱きしめる。脱ぎ捨ててあった私の衣類を見て、悠はいぶかしげに眉をひそめた。

「なぁ恋……」

「んー？」

「カツラとか、いかつい下着とか、いつまで続けんの？　ありのままの恋はこんな綺麗なのに——」

ウィッグ下の地毛は伸ばしっぱなしで腰まであり、乾かすとコテで巻いたようなカールが出る。キツいコルセットを巻き続け、クビレは相当締まったし、ゾッキサポート五枚重ねのお陰でむくみ知らずの脚になったけれど、家でもありのままの姿を晒(さら)すのは悠だけ。

――素の自分がどうとか考えたこともなかったな。

「もしかして中の上くらいいけてる？」

「え、自覚なし!?　スッピンの今ですらその辺にいないレベルだけど！」

「悠がそう言うなら尚更、私が樹奈より少しでも目立ったりしたら、お義母(かあ)様も樹奈も黙ってないと思う」

この家では私達二人はワンセット。妬みは私だけに留まらず、きっと悠にまで火の粉が降りかかる。

「そーだけど。なんでこんなに恋ががまんしなきゃ……、恋には幸せになってほしいんだよっ」

「悠……」

それはこの家に来た十三歳の時から始まった。

最初は樹奈の背を超した時、私を見た義母が舌打ちをしたので、子供ながらに目立つことを恐れるようになった。翌日からは膝を曲げて歩いた。

胸が出てきたらサラシを巻いて押さえ付けた。「目が大きくてお人形さんみたい」と人に言われれば前髪を長くして、眼鏡をかけて隠した。

物理的に無理なこと以外はなんでもした。その最終進化系がこの〝こけしフル装備〟である。

そうして妹より目立たないように生きてきた。それが何より平穏だったから。これが〝私〟なんだと、苦痛にも思わなかった。

「もうちょっとなの。明日から一緒に働く人についていけば自立できそうなの。誰より近くで、あの男が身に付けたハイレベルなスキルを学べる」

いつかフリーランスでやっていけたら最高。最低でもあのチームに留まりたい。生活費に家賃に悠の学費――今まで父に用立ててもらった私の学費も返したい。

「恋、家を出るつもり？　なら俺もついてく！　って言いたいけど、俺が市井の跡取りだもんなー」

……父はまだしも、この子をまともに育てたこともない義母が悠を跡取りに推すだろうか。

樹奈の理想まんまとはいえ、系列にコネもないフリーランスの男との、唐突な縁談話。樹奈を永遠に手元に置いておきたい義母が、娘婿を市井の跡継ぎとするために、経営コンサルタントとして名高い豹牙廉に目をつけたのでは――そんな気がしてならない。

いずれ本当に悠の居場所がなくなる日が来るのではと、思っていた――

「……悠、久しぶりに一緒に寝よ？」

「!!　恋が寂しいっつーんならしょーがねぇなぁ！」

「『いつものやる!?』」

にこっと顔を合わせ、せーので寝支度へ走る。再び集合したら隣り合わせのお布団にもぐる。

悠と布団を並べる時は必ず、勉強を兼ねて英語のスペルでしりとりをするのだ。どちらかが眠りにつくまで。

「俺からいくよ？　ｆｒｉｅｎｄ、友」

「〝ｄ〟……ｄｒｅａｍ、夢。悠〝ｍ〟ね」

「〝m〟……」

「いっぱいあるよー」

それから暫く返答がないため身を起こしてみると、悠は可愛い寝息を立てて眠っていた。

私がここへ来なければ、義母の嫉妬に巻き込まれることなく、悠も愛してもらえていたのだろう。

「……ごめんね、悠。だいすき」

最愛の母を失い、他人同然の家庭に放り込まれてから、私の目はモノクロームな世界しか映さなかった。私を追いかけてハイハイする、たまに「ママ」と呼び間違える、ぎゅっと抱きしめると心があたたまる——この子が唯一の光だったのだ。

——あなただけは守るよ。私の全てをかけてでも。

そのためにはなんだってする。心の準備はとうにできていた。

就活を始めた当初は、贔屓してもらえるかと市井オートの名を出していた。ところが、雇ってくれる企業は一つもなかった。一流企業の令嬢など扱いにくくて仕方ないのだろう。

そこで派遣ならどうかと朝比奈の名でこっそり働いていたわけだが、それもそのうち身バレして自主退社を迫られる——留学から戻ってからはこれの繰り返し。

それがようやく、自立への現実的な足掛かりができたのだ。

王様、あまつさえメンバーからもスキルを盗む心づもりで、どんなに蔑まれようとお構いなしで挑んだつもりだ。ある程度の覚悟はしていたのに、どうしてこんなことになってしまったのだろう。

「――朝比奈さん、お待ちしておりました。ＣＥＯ室へご案内いたします」

翌朝。言われた通りに会社の受付を訪ねると、名前を出しただけでホテルウーマンがやってきた。

今回王様に立て直しを依頼した会社は、国内のホテル運営をコアビジネスとする老舗企業「京極リゾート」。その売上柱となるホテル――フランス語で〝めぐり逢い〟を意味する「ＨＯＴＥＬ Ｌａ Ｒｅｎｃｏｎｔｒｅ」の立て直しが主な案件だ。

老舗で格式も高く、顧客満足度が高いことで定評のあるラグジュアリーホテルである。しかし事業拡大した際の借入返済が追いつかず、このままいけば倒産確実と言われている。

「ここ客室ですよね？」

案内人に先導される中、ふと口をついて出てしまった。訪ねた自社ビル内に通されると思っていたので、隣接しているホテルへ案内されたことが不思議でならなかったのだ。

「ええ、このフロアはスイートルーム専用フロアとなっております」

「スイートルームをＣＥＯ室に、ですか？」

「どう使用されても問題ありません。当館はスイートを三部屋ご用意させていただいておりますが、近年お客様で埋まることもございませんし。それに、豹牙ＣＥＯと朝比奈さんへのささやかな餞になればと社長の京極も申しておりました」

――ちょっと言ってる意味がわからないな。

どんなに首を傾げていようが目的地は目前に迫っている。高級感漂う重厚な扉が開くと、その先には昨日振りの豹牙廉がいた。

都心を一望できる窓から外を眺め、王様は優雅にモーニングコーヒーを召し上がっているご様子。見たところチームメンバーは出勤前のようだ。

「失礼いたします。朝比奈様をお連れいたしました」

「……来たか、俺の嫁が」

――それ、まだ続けるの？

「豹牙ＣＥＯは本当に本当に男前ですし、朝比奈さんは……、とてもお似合いです」

「ありがとう」

――ありがとう？

「業界内でも豹牙ＣＥＯは名高いお方です。お二人が当ホテルで挙式や披露宴をしてくださったなら、これほどの宣伝はございません」

――あー。

昨日私は、この会社の社員達の前で「私は豹牙の妻です」と大ぼらを吹いた。そして、うっかりなんの訂正もせずに帰った。だけどあれは王様のために致し方なく取った応急措置である。

「ええ……」

思わず、気の抜けた不満が漏れる。その上露骨に嫌そうな顔をしたのが気に障（さわ）ったのか、コーヒーカップを置いた手が私の後ろの壁にどんとつかれた。

「〜〜〜恋。ご親切に社長がスイート用意してくれたし、あいつらもまだだし……ヤっとく？」

――はい？

「コーヒーついでにメシ食っとく？」みたいな軽いノリで、朝っぱらから何を言っているのだろう、この男は。しかも依頼元の、それも女性の前で。

ふと彼女を見やると、距離を取ったからこそ視界に入ったものがあった。固く握った拳をわなわなと震わせていたのだ。先程の言い方からしても、「なんでこんな女が豹牙さんと結婚するのよ、すっこんでなさい、このこけしが」というのが本音だろう。

——どこまでモテるの、この王様は。

「(手を出したの？)」

「(出すわけがない。依頼元のコンシェルジュだぞ)」

「(私に妻のフリを続けろと？)」

「(そうしておいた方が色々と都合が良いと、俺が判断した。このホテルにも、女カッター的にも。倒産が囁かれてる今、ホテル従業員の士気が少しでも下がるようなことは避けたい)」

——士気というなら、王様が片っ端から相手してあげれば、みんな喜んで付いてくるんじゃないの？

と言い返したいところだが、さすがに現実的ではない。

誰もが憧れる、特定の女には執着しないやり手のビジネスマン——そう言われているあの豹牙廉の、結婚式と披露宴。業界内では相当話題になるだろう。ホテル側としてはなるほど、この男は希望の星だ。

「廉。ベッド行こ。ね？」

「嫌だね。こういう所の方が燃えるだろ、おまえは」

——こけし呼ばわりはもう慣れた。だけどそういうキャラ設定はぜひやめてほしい。

「ベッドが一番燃えるの！」

「やだね。ここで、俺の手でいやらしく乱れる恋を見せびらかしたい」

「っ——」

主の許可もなくスカートの裾から手を突っ込み、愛撫を始めたかのような仕草をしてみせる、上司になったはずの男。彼は私の首筋に歯を立てると、妖艶に瞳を細める。

「そ、それではわたくしはこれで失礼いたします。ご用の際はフロントまでご連絡ください」

もう見ていられないといった感じで、コンシェルジュは足音を立てて部屋から出ていった。

もう妻のフリをする必要はどこにもない。なのに平常運転に戻る様子はない。ぶつかってしまった視線を、どうしてか逸らすことができない。

「自分が今どんな顔してたか、わかってんの？」

「なに、言ってるの」

「〝して〟って顔」

誇らかな口振りにこれみよがしの態度。焦らすように唇を親指で撫でられ、背筋がぞわと粟立つ。

「『どんなセックスするんだろう』だっけ、おまえの俺への印象。初めて言われたぞ」

「所構わず雄のフェロモンを撒き散らしておいて？」

「確かに抱いてほしいと言われたことはある。他は自分のものにしたいとか愛してほしいとか、そんなもんだ」

——それはそれはお盛んなことで。

「だからなんだと言うの？　私はただ一般女性の声をお届けしただけで」

「違うね。嗅ぎ分けたんだよ、その鼻が。自分が求めるセックスをしてくれる男を」

「こんな身形の私が、嗅ぎ分けられるほど経験豊富だと思うの？」

「思わない。だがそういう女の願望のほうが突出してえろい」

——例えば嗅ぎ分けていたとして、どうしてこうなるの。

万が一そうだったとしても、その真偽を自分で確かめたいとも思わなかったろう。第一セックス目的で言い寄ってくる女も溢れるほどいるだろうに、なぜこけしなどを構うのか。

その一人に加わるのは御免だと、断固応じない姿勢で唇を噤む。しかし、私の様子などお構いなしに唇をぺろっと舐められ、思いがけず眦がじゅんと潤んだ。

「ほらな。おまえみたいな勝気な女が、俺のしたいように攻めたら涙目になって甘ったるく反応する——俺のSの本能が疼くんだよ、そういうの」

「ん、んぅ！」

不覚にもゾクッとした、雄々しくも猛々しい規格外の強引さに。

あてがった親指でぐっと下唇を開くと、それは容易く私の中へ押し入ってきた。

手始めは焦らすように舌先で歯の裏に筋を描き、絶好のタイミングで舌を拾い上げて絡ませる。

かと思えば舌を根元から吸い上げて、悲鳴を上げさせられる。

「舌吸っただけでこれ？　敏感なとこもっと他にあんだろ。どうなるんだよ」

「ま、ってぁ……んっ、んん」

――ああ、思い出した。

この男のキスは、そんなつもりがなくても強制的に夢中にさせられる。荒々しく羞恥心をかき立て、あっさり恍惚へと導く。支配されたい……そんな願望すら芽生えてしまいそうなほど。

「っ、も、いいでしょ。見せつける相手もいないんだから」

「フリでここまでするか。糞地味な身形の下から甘い蜜の匂い溢れさせやがって」

「香水なんてつけてなっ――」

「違う。これは俺に開かれるのを期待してる女の匂いだ。暴いてやろうか」

そう言うが早いか、豹牙廉は持ち上げた私の片脚を肘に引っ掛けた。お陰でスカートが意味をなさないくらい捲れ上がっている。

――だめ。待って、やめて。

これ以上されたら、わけもわからずトリガーを引かれてしまう気がする。その領域に達してしまえば、きっと本能的に拒めない。

「や……めて。こんな格好恥ずかし……」

「俺に丸見えになるから？」

窃視に似た雄の視線に、理性がぐらつく。一瞬の気の緩みが隙を作ってしまっていた。

太腿を堂々と伝い、躊躇なく股上を捉えた手は、違和感を探り当てたようだ。

「おい、何枚ストッキング穿いてんだよ。一枚伝線しても脱げば済むように？　セクレタリーの鑑だな、まったく」

——そういう理由ではないのだけど。

この男を前にしたらそれすらもたわいない。積年守ってきた五重のゾッキサポートは無残にも引き千切られるのだった。唇を重ねながら手の感覚だけでその力作業をこなしてしまうのだから、やはりこの男はかなりの手練れなのだろう。

幸い両手は自由だが、元ラガーマンのブロックに敵うはずもない。分厚い層に守られていたクロッチに手を掛けられ、いよいよ理性が音を立てて崩れた。

「ぁ……あっぁあ……」

「いい反応」

そっと指でなぞられただけで、カラダの最奥から欲望が湧き出てくるよう。

自分がこんなにチョロいなんて思いもしなかった。

元々快感に弱いタイプではなかったはず。それでなくともご無沙汰だった。こういうことは高校以来である。俗に言われる〝セカンドバージン〟というやつだ。

なのにこの男に限っては、唇で指で……言葉で攻め立てられるほどに、カラダが潤んでしまう。キスだけでこんなに反応するなんて、絶対におかしい。

「さわっちゃ、もう」

「〝もうやめて〟？」

「その奥いっちゃだめ。もう、たぶん、いっぱい濡れちゃって、る……から」

「〜〜〜、そんなこと聞かされたらやめらんねーな」

熱を孕んだ鋭い目つきに、電気がショートした際に似た危機感。

クロッチの脇から難なく滑り込んだ指はあっという間に蜜を絡めた。

「本当だ。もうぐちょぐちょ」

「――っ」

――なんて扇情的な目つき、いやらしい口元。

こういう時は必ず目を合わせてくる、そんなこの男の癖がなんとなくわかって嫌になる。そして、そんな男を動物的に望んでしまった自分が、本当に嫌になる。

必死に抵抗していた両手は自ずと王様の逞しい首に回っていた。

悪戯な指が、今はまだ潤っていないところまで蜜まみれにしていく。

指先がぷっくりした蕾に引っ掛かると、そこをねっとり撫で回した。一方の指は入り口の浅いところをつぷつぷと出入りしている。両方からの刺激で片足で立っているのがやっとだ。

――さいあく。巧すぎ。まだ表面だけなのに……

「んっぁ。あ。それっ」

「入り口好きなんだ？」

「んっ、すき……」

「こっちの尖ってるほうは？」

「んっぁ、下からこするのだめなの。きもちぃ」

「さっきから心の声がだだ漏れしてるけど大丈夫？」

いっぱいいっぱいの私に対して、王様はクスと微笑すら浮かべている。

彼の言う通り、たまに本心が隠せない時があって、理性を失いかけている今がまさにそれだ。

「っ……ねえ……」

「廉」

「廉っ……あのね、レ……ン」

「いいよ、イけよ」

「ぁ！　あぁん、んっんん～～～」

許可を得るのと同時に果ててから、暫く首にしがみついていたと思う。

果てたのを見届けると手を止める男は多いらしいが、男と違って、女は果てた後の余韻が長い。

廉はそれを熟知していて、アフターケアを怠らず入り口を撫で続けている。絶頂の波がゆるやかに落ち着いて、心地良い右肩下がりの曲線を描いてくれていた。

「んっん……ん……」

「おまえほんと、なんなんだよ」

感情まで剥き出しにさせられるとは思わなかった。ふいにほろほろと涙を流す私の唇を、彼がそっと掬う。

触れる前のキスとは全然違っていた。攻めるというより労り慈しむような柔らかな口づけ。

――ああ、やっぱり。

この男との一線だけは越えてはならないと、昨日、自分がたかがキスに怯えていた理由がわかってしまった。大変不本意ではあるが、廉と私はたぶん……カラダの相性が良すぎる。

本来は、挿入（はい）ってきた時にフィットするとか、お互いがきちんと気持ち良くなれるとか――そういうのを相性が良いと言うのだろうが、そこまで達していない私達は、何か違うものを感じていた。

もっと根本的な、それでいて、もっとずっとどうしようもないもの。

「このままやっとく？　俺は試してみたい」

「や、っとかないっ」

「ほら。こうやって広げればすぐにでも突っ込める」

「ぁっ、ゃ……だっ」

「えろすぎ。ひくついててウマそう」

――本当、目も当てられないほどいやらしい。

挿し込んだ二本の指をこれでもかと開いて、まだ興奮冷めやらぬ私のそこを、廉が淡々と見下ろしている。

たまらずそこを手で覆ったのだが、彼はそんなことを気にした風もなく、笑みを浮かべて私の目を覗き込んだ。

「好きだろ、こういうの」

——私おかしいのかな……嫌いじゃ、ない。

「俺と試してみようか。溺れる覚悟で」

——試してみたい気もする。だけどその先に何があると言うの。

一度で気が済めばそれで良いのかも知れない。けれど病みつきにでもなって私がのめり込んだとして、精々セフレ止まりだろう。しかも今日からこの人は上司、職場でのトラブルは極力避けたい。何より、一線を越えることになったら、私は長年守り続けてきたこけしフル装備を外さなければいけなくなる。

「愛のないセックスは、いや」

どう考えてもいいことなどない。とりあえず常套句を口にしてみる。

「……おまえ、案外面倒臭いな」

「普通だと思うけど。そもそも今お付き合いされている女性は？　女カッターとホテルのための偽装妻はまだ理解できる。でも、結婚の噂をこのままにしておいたら、たちまち広まるよ」

廉ほどの男ならばそれで傷つく女性が大勢いるに違いない、と信じて疑っていなかった。

「いねーな。特定の女は作らない主義なんだ、問題ない」

「なぜ？」

「俺が一人に決めれば、そいつがその辺の女どもから集中砲火に遭う」

——そういう過去でもあったのかな、……これだけの男ならそうなるか。

「ええ……私はボコボコにされてもいいってこと？　極悪人」

「恋はボコボコにされるタマじゃねぇだろーが」

——さすが王様。平民の私にはわからない脳内してる。

ただ、人としてどうであれ、仕事は飛び抜けてデキるのだ。絶対に離れない。

意地でもここに留まらなければいけない理由が、私にはある。たとえ不本意なオプションが多々ついてこようとも。

「そういうことなら、表向きの偽装妻はきちんとこなします。でもセックスは別だから」

「据え膳は食っとけって教えられてるんだ」

「それはそれはチャラい教えで。——もう皆さん出社されますから。脚離して」

「そのストッキングで仕事すんの？　濡れそぼった下着穿いて？」

——誰のせいだと……っ。

「今穿き替えるからっ」

「まぁ時間は腐るほどあるしな、じっくり手解きしてくか」

「立派なセクハラですよ。部下に手を出すなんて」

「中身ドMの癖してぐだぐだ言ってんな」

取り急ぎパウダールームを借りたい。抱えられていた脚を取り戻して、逃げる姿勢でそっぽを向く。ところが手首を掴まれ、そのまま吐息の掛かる距離まで引っ張られたもので、「なに」と一つ口にした。

「これだけは断言しとく——おまえは俺にハマるよ」

自信たっぷりの宣言と、まるで愛を乞うような、もったりとしたキス。乾いた唇がみるみるうちに潤いを取り戻す。

「っ……あなたのキスは好き」

「言うね」

この男相手に私の精一杯はどこまでもってくれるだろう。意地でも理性と本能を天秤に掛けまいと、手の甲で濡れた唇を拭うのだった。


それから十分後。チームメンバーが揃ったところで、廉から今回の事業内容と目標が伝えられた。

「——そういうわけだから。このスイートをＣＥＯ室として使用していいそうだ。俺と恋の偽装結婚と引き換えに」

「なに、まだ続いてたのそれ！」

凛さんがなぜか声を弾ませて身を乗り出す。

「社長も社員も信じ込んでんだよ、使うしかねーだろ」

「だったら、いっそ二人をモデルにして広告打てば？　ここのウェディング事業低迷してたよね」

「拓真さん、それはいい案だ。これだけ色男の廉さんと——」

「先生、俺とこけしのウェディングパンフでも作ろうってのか」

「『映えないな』」

——みんなして！

まぁ元より私は見た目採用ではない。

そう思い直して軽く受け流そうとしたのだが、私を見ていた凛さんが「ちょっとごめんね」と私のだて眼鏡を取った。じっとりと確認したのちにさっと戻されたのだけど。

「うん。やっぱり掛けておいたほうが良さそうね」

——そんなに見るに堪えない顔!?

ここまで来ると、このフォルム相手によく欲情したものだと思わずにはいられない。

ちらと窺うと、当の王様はとっくにビジネストークへ突入していた。

「手始めに、俺は社長以外の経営陣総入れ替えを提案する。チーム始動は実質そこからだ」

こともなげにそう言ってのけるので、私はすかさず脇から口を挟む。

「待ってくださいCEO。京極リゾートは創業当時から同族経営を守られてきたはずです。その重役を一掃するなんて」

「そうそれ。覚えとけよ、恋。要は、そこまでして会社を立て直したいかってことだ」

「もし拒まれたら……?」

「ならば俺らは必要ない。そこまでの覚悟がない企業なんか救うか——よって、全ては午後の株主総会で決定する」

——いちフリーランスが老舗企業を試すっていうの?

「それをクリアしたらまずはコスト削減ね」

「並行して料理や施設などのサービスの見直しですかな」

「ウェディング事業どうにかしねぇ？　あー、まずは金の工面からだな」

理解が追い付かない。おまけにメンバーが次々発言するせいで、情報量が急激に膨れ上がる。

「あの、一ついいですか」

手帳に書き留めるより頭にインプットするつもりで、私は一旦話を止めた。

「どうしたの恋ちゃん」

「隣の自社ビルを売却できませんか？　さすが京極リゾート本社、立派ですけど維持費が凄く無駄だなって。……でも、働いている社員の行き場がなくなりますもんね、聞かなかったことに」

思いつきで出過ぎた発言をしてしまった。目を伏せて恐縮していると、廉が「それ」と指を鳴らす。

「着眼点は悪くないな。だが所有権はギリギリまで残す、売却は最終手段だ。社員は三フロアぐらいに押し込んで他フロアを他社に賃貸すれば、コスト削減以上に家賃収入のリターンもある」

「でも廉、この会社借金まみれよ？　抵当に入ってないかしら」

「入っていたら少々厄介ですね。私にお任せください。自社ビルの件は調べておきましょう」

「緒方先生よろしく～、私は手始めに世間の口コミをまとめるわ」

「俺は支配人との打ち合わせからだな。各施設の内部資料かき集めてくっか！」

さすが王様が選んだメンバーである。多くを語らずとも皆自分の役割を理解して即座に動けるようだ。なんでも、四人は今流行のシェアオフィスで出会ってからの付き合いだそう。

緒方先生と拓真さんが自主的に退室する中、何事か、凛さんが私の肘を取る。

「ってことで。エステ行こ、恋ちゃん！」

「おい、凛⁉」

「いーでしょ、株主総会終わるまで動いても意味ないんだから。ここのエステ興味あったのよね～。施設見学と親睦会を兼ねた、立派なビジネスよ。廉～接待費で落としといてね～、株主総会ファイトォ！」

「おい～～～⁇」

——凄い。あの廉に「おい」しか言わせない。この女、すこぶる自由な人だ。

スリムな体型に、身長は百七十センチ近くあるだろうか。モデル並の完璧な美しさが「高嶺の花」のイメージを作り上げている。ベリーショートは極めてフェミニンで、大きなフープピアスがとてもよく似合っていた。

「凛さんあの、私も株主総会に同席させていただいたほうが……」

手を引かれるままにスイートルームを後にすると、振り返った凛さんがにっこり微笑む。

「そうね、セクレタリーだものね。でも次回からでいいわ」

「経営陣総入れ替えの件が心配です」

「廉のいつもの手よ。先方を奈落の底へ突き落とすところから始めるの。もちろん覚悟を試す意味もあるけれど」

——ビジネスでもドS。救世主どころか悪魔のよう。

「最初にどん底へ突き落としておくとね、先方のプライドにヒビが入るのよ。すると今後私達が無理難題言っても、大抵受け入れてもらえるようになる。チームが動きやすい環境を作るというメリットもあるの」

その説明に納得はしても、本案件のために臨時で雇われた身としては、緊張が解けることはない。私の顔が相当強ばっていたのか、凛さんは悪戯っぽく表情を緩ませる。

「廉に任せておけば大丈夫よ、人を丸め込むのが上手いから。私達は必ずここで仕事をすることになるわ」

――ああ、やっぱり凄いな。

お互いが信頼し合っているからこその関係。自分の役割はきっちりこなし、専門外は安心して任せられる。彼らはそんな仲間だ。

「ここのエステ、ボディケアで有名なの。特別なアロマオイルを使ったマッサージらしくて。口コミではかなり高評価なのに、日々ガラガラ――何故かしら」

疑問を投げっぱなしにした凛さんとやって来た場所は、ホテル内施設のエステサロンである。

「いらっしゃいませ、お客様。お部屋番号は」

「宿泊客ではないけど、この時間ならいけるかと思って」

「申し訳ございません、当店は宿泊のお客様専用でして――って、この方……」

「そう、朝比奈恋さん、豹牙廉の内縁の妻よ。今から二人、お願いできるわよね？」

「っ！　し、失礼いたしました、すぐにご用意いたします」

――強い。廉と私をダシにして捻じ込んでいる。

などと感心している場合ではなかったようだ。凛さんに押し切られる形でここまで来たが、中に入ると私存亡(こけし)の危機が待ち構えていた。

「二人並んで施術をお願いね。お喋りしたいから」

「畏(かしこ)まりました。更衣室にペーパーショーツがございますので下着は脱いでいただいて、ガウンを纏(まと)ってあちらの施術ルームへお越しください」

――こけしピンチ。

「あ、あの、私は結構です。凛さんだけどうぞ。近くで待っていますので」

「私の前では隠さなくて大丈夫。ねぇ、恋ちゃんって本当は凄く美人さんよね？」

突拍子もないことを言い出され思わず声が詰まるが、凛さんは構わず続ける。

「眼鏡にウィッグ、今の感じだとスーツの下も何か体型を隠すようなことしてる？　白い地肌に合わない暗めのコーヒーブラウン系のファンデに、黒目が小さく見える特製カラーコンタクト、それに垢抜けないのり眉毛」

――凛さん何者⁉

私の努力の結晶を一つ残らず言い当てられ、ぽかんと口を開けるしかない。

「趣味でメイクアップアドバイザーと美容インストラクターをしてるの。初めて会った時から、素は綺麗な子なんだろうなって思ってたわ」

なるほど美に精通している。私とは真逆の経歴を歩んできた女性であることは確かだった。どうやら誤魔化しが通用する相手ではないようだ。

「徹底してるものね、相当な事情があることは察してるつもりよ。ここだけの秘密にしとくわね」

「ありがとうございます、助かります」

どこから話が漏れるかわからない。義務感から頑なに守ってきた秘密だが、義母と樹奈に伝わる心配がないならそれでいい。

それに、こうして女を磨く体験は初めてで、正直心が弾む。

覚悟を決めてフル装備を脱ぎ捨て、ペーパーショーツ一枚で凛さんの隣の施術台に横たわった。

ボディケアなのでウィッグもお化粧も来た時のままである。凛さんの視線が私の首から下を数度往復したのち、新しい玩具でも見つけたようにクスクス笑う。

「廉も色んな女見てきてるから見たまんまだとは思ってないだろうけど、まさかここまでとは思ってないんでしょうね。剥がしてみるものね～想像以上よ。これからが楽しみぃ」

「廉が偽装相手の中身を気にするでしょうか」

「はっきり言って、どうでもいいでしょうね。大事なのは、廉から手を出した女を初めて見たってこと――合うんでしょう、廉と」

極め付きと言わんばかりの鋭利な洞察力には恐れ入る。思わずごきゅと喉を鳴らしてしまった。

――凛さん怖い。身ぐるみを全て剥がされそう。

「やっぱり。廉ってフェロモンで女を寄せつけるタイプでしょ？　ああいう動物丸出しの男って嗅覚がいいのよ、とても。恋ちゃん〝ベターハーフ〟って知ってる？」

「英語圏で配偶者や恋人を示す、それですか？」

「そう。〝魂の片割れ〟とか〝二人で一つ〟なんて言われてね、心も身体もぴったり重なる最高のパートナーのことを言うの」

「わー素敵ですね。そんな相手にめぐり逢えることすら難しいんでしょうけど」

「そう、そこね!!」

そこで、エステティシャンの手が離れた瞬間を見計らったように、唐突に起き上がった凛さんの裸体を直視してしまう。

施術台に腰掛けて脚を組み、彫刻のように綺麗なお姉さんは堂々とこう口にした。

「あなた達二人がファースト・インプレッションで感じたものってそれなのよ。求め出したらきっと止まらない――」

何故第三者の凛さんがここまで言い切るのかはわからない。どこか楽しそうな様子は、語り継がれた神話を信じる少女のようでもある。

だけどそれは私の胸にしっかりと刻まれてしまったようで、エステが再開されてからも心臓が煩くて仕方ない。

「――俺の嫁いる?」

そこに聞き慣れた声がした途端、異なる調子の心音が重なる。

男を施術室までは通さないだろうが、だとしても今はなんとなく会いたくない。

頭上で大きくバッテンを作り派手に意思表示をして見せると、エステティシャンが私の施術を放り出してパタパタと店頭まで駆けていく。

「豹牙ＣＥＯ、お待ちしておりました。奥様の施術は終わりましたので、もう少々お待ちくださいね」

——わかってた、世の女は王様の味方だってこと。

凛さんはベターハーフの話をした後は気持ち良さそうに眠ってしまっていた。フルコースをお願いしたから、当分起きないだろう。

一方同コースを選んだはずの私はというと、施術の途中で内縁の夫に引き渡されることとなった。もちろんフル装備を装着した後に。

上司の呼び出しは絶対。そう自分に言い聞かせて急いで準備をしたつもりだったのだが、当の上司は部下を待っていた素振りもなく、スタッフのエステ女子に囲まれていた。

「豹牙ＣＥＯ、お茶でも」

「いや、いい。悪かったな、うちの金崎が無理を言った。今日からスイートに宿泊する予定なんだ、フロントに部屋番号聞いて、会計は俺につけといて」

「「は、はい！　今すぐ確認してお部屋番号記憶しておきますぅ！」」

——みんな仕事しよ？

「手間かけたな、寸胴は揉みがいがあったろ」

「奥様のほうですね！　それが見た目以上に凹凸があり、とても女性らしいボディをされておりまして、私どももびっくりで」

——個人情報。

「私も驚いたぁ。まさに愛されボディ。豹牙CEOみたいなイイ男に愛されるとああなるのね～」

「お世辞が上手いな。さすがプロのエステティシャンだ」

「「「豹牙CEOっ」」」

——少しは嫁も褒めようよ。

ツッコミどころが多すぎて、出ていきづらくなってしまった。

更衣室と待合室を隔てるカーテン裏にひっそり潜んでいたわけだが、ふいにカーテンごと抱き締められて危うく窒息しそうになる。

「んく——っ」

「拗ねてないで出てこいよ、恋。今夜たっぷり可愛がってやるから」

——やっぱりその路線で行くの？

これみよがしに甘い台詞を吐くなんて、エステ女子達の心の悲鳴が聞こえてきそうなものだ。

しかし、それこそが廉の狙いに違いなかった。

今の私にはメンバーほどのスキルはなく、ビジネス面で役に立てそうなこともない。ならば今の自分にしかできない役割をきっちりこなすしかない。女カッター、もとい嫁役というのがすこぶる気に食わないけれども。

とにかくカーテンが顔に張り付いて息苦しい。それを全てとっぱらうと、廉に抱きついて見せた。

「本当に今夜は可愛がってくれる？　もう縛ったり、しない？」

「……縛ったことなんか一度もねーぞ」

「うそ。さっきだって待てないってお部屋の入り口で無理矢理ストッキングまで破いてっ」

廉が少しくらい幻滅されたらいいのにと、物騒なワードをところどころにちりばめておく。

「それに興奮してたのはどこの誰だよ」

「廉でしょ？　もう、ドS」

「〜〜〜そのドSに攻められて感じまくってるドMがそそって仕方ないんだ、許せよ。ストッキングくらい俺が買ってやる」

「母の唯一の形見だったのに」

「んなわけあるか」

「それくらい大事にしてよってこと！」

「大概にしろよ、恋。んなこと言ってっと、お望み通り本気で抱き潰すぞ」

「だから本当に可愛がってくれるのって話を今っ」

そして振り出しに戻る。

凛さんはああ言っていたけれど、カラダはともかく、この男と心を通わせるのは至難の業だ。

その証に、会話が途切れてもなお、廉と私は八の字を寄せて睨み合っている。

「……豹牙CEOが、たくさんの女性の中から朝比奈さんをお選びになった理由、わかったかも」

「私も。正直に申し上げますと、あちらの金崎さんの方がお似合いなのにって、皆口を揃えて言っておりまして」

——大丈夫、私もそう思う。

「ですがお二人の仲良しぶりを拝見して、本当に息が合っているなって。豹牙ＣＥＯにそこまで言える女性ってかっこいいです」

「ね、息ぴったりでした！」

――え。どこが？

「ブライダルエステはぜひ私どもにお任せください。仕事の合間に通ってくださいね、奥様。式を迎える頃には誰もが羨む花嫁様にして差し上げますから」

「い、いいのいいの。仕事もあるし、式なんていつになるかわからないし」

「遠いほうがやりがいがあります。奥様、日々のスキンケア怠ってるでしょう、カッサカサよ」

――ねえ。聞いて。結婚式はいつまで経ってもやってこないの。

なんだかあらぬ方向に話が進んでいる。その流れを止めたいのに、あろうことかどんどんハマっていく。

「今のままでは豹牙ＣＥＯのお隣に並ぶこともさぞお辛いでしょう。共に頑張りましょう、奥様!!」

「ありがとう。俺の嫁をよろしく頼むよ」

――廉まで！

女カッターミッションは成功。ただ私一人がどうも釈然としない。勝手によろしく頼んだ内縁の夫とエステサロンを後にし、なんとはなしに後ろをついて歩く。

「いいの？　今の」

「あいつらがやる気出してるんだ、いい傾向だろ。高梨祥子は上手いこと丸め込んだ上、陰でこけしを蔑んでいた女どもは今やおまえの応援団だ。俺、いつか刺されんじゃねーの」

こちらの焦りも馬鹿馬鹿しくなる程に、上司はあっけらかんとしていた。

「祥子さんの時は極力穏便に済ませようとしてたけど、今のは偶然……」

「いっそほんとに結婚しとく？」

少しも振り向かない顎に、視界を全て遮ってしまうほど大きな背広。

この時の王様の気まぐれなふいうちが、どれだけ私の鼓動を乱れさせていたか——あなたは知っていますか。

魅惑の王様

「ホテル・ラ・ランコントル」——フランス語で〝めぐり逢い〟を意味するそうで、その名の通り当ホテルは様々な出逢いと奇跡を待ち受けていた。そう、私達も然り。

ロビーの吹き抜けは抜群の開放感を演出し、星屑が降り注ぐかの如く煌めくシャンデリアは豪壮としか言いようがなかった。

そんな絢爛としたホテルの従業員が次々と頭を下げる中、王様は堂々とど真ん中を行く。そして、その後ろに続く、萎縮した私。

行き先は最上階のレストランだった。着席するなりランチ用のフルコースが振る舞われる。

会話はない。ついつい、レアのフィレ肉を惜しげもなくぺろりと平らげていく様に目がいってしまう。

――食べ方まで、いやらしい……

デザートの頃合いになるとペアシートへと通された。

食事はテーブルで、デザートや喫茶はラウンジ空間でゆったりと。気遣いとひと工夫は素敵だ。だけど客によっては二人きりになりたくないペアもいるわけで。

「露骨すぎだ、馬鹿」

「増殖と定着を防ぎたくて」

「俺は悪玉菌扱いか。ふざけんな」

思いきり距離をとってソファの端に腰掛けたら、王様のご機嫌を損ねてしまったらしい。それでも構わず問い掛ける。

「どうして私をランチに？」

――エステで良かったのに。

「恋はどう思う、このホテル」

私の想定していた回答には程遠い、漠然とした返しに困惑する。ホテル事業など初心者同然の私が、その答えを持ち得るはずもなかった。

――でも、そういえば……

「サロン、ロビー、レストラン……女性のお客様をほとんど見てない気がする。平日だから？　いかにも女性が好みそうなラグジュアリーホテルなのに」

凛さんも言っていた、口コミでは高評価なのに日々ガラガラだと。

先程の対応からして、原則宿泊客でなければ利用できないサロンのようだった。そもそもホテルに女性客がいないのであれば合点がいく。

「なるほどいい着眼点だ。単純に女性が好む施設が少ないな。レストランにしてもヘルシー志向より高級食材が売り」

記念日やプロポーズ、恋人や妻を喜ばせたいがために宿泊先を決める男性も多いだろう。それにＳＮＳが流行るこの時代、女性客は必須である。

「女性が好む施設を増やしたら？」

「資金がない。今ある施設の改装費用すら工面が難しい。さて、どうする？」

――どうって、セクレタリー採用の私に振るの？

突然のことで視線が泳いでしまったのだが、偶然それに目が留まり、廉の視線を促した。

「自社ビルか？」

「うん、朝の話だけど、数フロアを他店舗に貸すなら、ここの社員は上層階へ引っ越してもらって」

「低層階に女性受けしそうな飲食店やショップ？」

「ジュエリーショップや旅行代理店も入れて」

「ここのウェディング事業も底上げできるかもな」

「貸せるように室内を整える費用はかかるけど」

「賃貸契約までこぎ付けられれば多額の保証金が入る。その上月々の家賃収入でプラスにさえなる」

「その保証金と家賃収入を、借り入れ返済と施設改装費用に」

「こちらが金を出さずとも、入る店舗が大規模商業施設を勝手に作り上げる」

「『大型ショッピングモール！』」

私が端に腰掛けたので、ソファには一人分ほどの距離があった。なんの前触れもない。目が合った、ただそれだけ。どちらからともなく唇を重ねた。

頬に手を添えられて、そこでようやくキスをしていたのだと自覚した。

「最高」

「うん」

「偶然か？　これも」

「わかんない」

——一つの思考回路を二人で作り上げた、今の感じ。

これが〝息が合う〟というものなら、エステ女子が言っていたこともいたずらに否定はできないのかも知れない。凜さんが言い切った〝ベターハーフ〟すら。

そんなことをぼんやり考えていると、ねっとりとした視線を感じ、たまらず口を開く。

「なぁに？」

「それぞれのパーツは悪くないんだけどな。なぜ全体像はこけしなんだ」

悩ましげな瞳をしたその傍ら、人差し指は顎から下っていく。辿るだけにしては筋を付けるくらいの強さで、引っ掻くにしては弱すぎる刺激を刻みながら。

ちょうど胸のてっぺんで止まった指を突き立てられ、腰がぴくんと震えた。

頑丈なコルセットに守られ大した感覚もないのだが、直に触れられたらと想像するだけで、五感が研ぎ澄まされる。

「ここ？」

「たぶん、そこ……」

「〜〜〜。や――」

「っとかない。株主総会あるよ」

「糞だな。とっとと終わらせんぞ株主総会」

私もですか？　と拙く問うと、この王様は当然という顔をするわけだ。

「俺のセクレタリーだろーが。見ておけ。俺を上司に選んだその目は間違ってなかったと、肌で感じさせてやる」

「っ、はい！」

結果として、エステより遥かにデトックス効果があった。私の心配など些細に思えたほど、豹牙廉は鮮やかな手腕で総会を引っ張り、反対意見を片っ端から論破していったのだ。

得たことのない高揚感が、内に潜んでいた感情を呼び起こす。

――一度でいい。本能のままに抱かれてみたい。

そんな淡い願望が心の奥底で燻り出したのはこの時くらいからだろうか。


株主総会で京極リゾートが豹牙廉の提案を渋々ながら受け入れたことで、新体制での立て直しはスタートした。

廉はホテル側とのパイプかつチームの統括を、メンバーは各々専門分野に長けた業務を担う。

そして私はボスのサポートはもちろん、メンバーと同じようにアイデアを迫られることもしばしば。何より偽装妻業が忙しい。毎朝のオプション付き。

「廉～起きて。もうルームサービス届く頃だから」

「……」

期間中、贅沢にもスイートルームに宿泊している偽装夫、兼上司を叩き起こすことから、私の一日は始まるのだ。

「本日は朝から重役会議、自社ビルの店舗を選定するためのレセプションパーティーの打合せと――ねぇ聞いてるレ、ンっきゃあ!?」

数日を共にしてわかったことがある。

廉はまず、こうと決めたものに対してはとにかく一筋で全力。日々深夜まで事業計画を練っているからか、朝が弱い――ならまだいい、それに加えて野性的で困っている。

さすが王様のスイート仕様、だだっ広い寝室にはキングサイズのベッドが一台のみ。気づけば、廉が転がっていたそこへ、私はあっという間に組み敷かれていた。

「もー、起きてるなら返事してよ」

「今からする」

荒々しい手つきで押さえつけられて、真上から降り注ぐ唇をただ受け入れる——ふかふかの枕が深く沈んでも構わず。今の私達を真横から眺めたとしたら、まさしく肉食動物が獲物を捕食しているシルエットが描かれていることだろう。

廉の寝起きは野性的な中にも甘ったるさが漂う。恋人にするように、当たり前に私に触れる。

——日々のこれも偽装妻のオプションに入るのかな。

「起き、た？」

「ん。おはよ」

廉が寝る時身に着ける布といえば、ボクサーパンツのみ。

元ラガーマンというだけはあった。肌は昔の名残かほんのりと小麦色。胸板が分厚く腰もしっかり逞しくて、とりわけ胸筋と腹筋が見事に割れている。なんともけしからん肉体美。

——本当にこの男はキスも攻め方も食べ方も、それに体つきまで、何もかもがいやらしい。

「物欲しそうな瞳してんじゃねーぞ。おまえ、俺に何を望んでる？」

——いやらしく見てるのは、私……？

嫌なことに気づいてしまった。大男と邪念を振り払いながら、一足先に寝室を出る。

「おい恋」

「ガウンくらい羽織ってくださいＣＥＯ。皆さんお揃いですから。ボクサーのまま寝室から出てきたら、おまわりさん呼びますよ」

「おまえは俺をどんな男だと思ってんだ」

「害虫捕獲器みたいな。美味しい匂いで引き付けて離さない、抜け出させない。見事な粘着力です」

「ああ、聞いた俺が馬鹿だった」

この頃、朝食はメンバー揃ってスイートルームで取ることになっていた。ビジネス抜きのコミュニケーションを取れる貴重な時間であり、食後の珈琲タイムは朝ミーティング代わりにもなる。

「ダブルれん、おはよ～」

「もう春が近いですねー。おはようございます」

「凛さん、緒方先生、おはようございます」

「朝比奈さんが廉のベッドルームから出てきた!?」

「起こしに伺っただけです、拓真さん」

凛さんと拓真さんは毎回同じソファに、歳が離れた緒方先生はいつも一人掛けに。廉が起きる頃には大抵リビングに全メンバーがいて、テーブルにはルームサービスの準備も整っている。

面倒臭そうにガウンを羽織った廉は、椅子に腰掛けるといつものように「恋」とだけ口にした。

「ブラックコーヒーです、どうぞ」

「恋」

「自社ビルを賃貸した場合の賃料表になります。その辺の情報は全てこちらのＵＳＢメモリに」

「恋」

「自分で取る努力ってしないんですか!?」

「秘書とは？」

「……上司の仕事をサポートするのが仕事です。メイドではございません」

セクレタリーという職業柄、廉の生活習慣も思考回路も、だいぶわかってきた。ついでに、廉の扱いにも慣れてきた。

正直ここまで素で話せる相手は一人もいなかったため、少しばかり楽しんでいる自分がいる。

「何あれすげー。名前しか呼んでないのに廉の欲しいもん全部わかっちゃってるよ朝比奈さん」

「ね、言った通りでしょ。息ぴったりの偽装夫婦なのよ～」

――私からするとお二人こそ密着度が高く、仲睦まじく見受けられるのですが。

そんな拓真さんと凛さんを遠目に見つつ、人数分の取り分け皿とグラスの用意をする。私の一連の立ち居振る舞いを目で追っていたらしい緒方先生がくしゃっと微笑んだ。

「朝比奈さんは所作がとても綺麗ですね」

そうでしょうか、とぽかんとしていると、緒方先生は感心感心と何度も頷く。

「立ち居もなかなかのものですが、一つ一つの動作がきめ細やかです。重ねた食器も音が鳴らないよう配慮していますね。とても育ちが良いのでしょう」

――そういうわけではないのだけど。

あえて否定はせずお礼を口にする。人生の先輩に褒められたらもちろん嬉しい。

ただ理由が理由なだけに複雑でもある。この所作は長年の堅苦しい生活から身についたものだ。

『煩(うるさ)い。邪魔。いなくなればいいのに』

義母の口癖だ。昔から私の存在そのものを忌み嫌っていた。最低限の会話をするだけでも、語尾には毎回「愛人の娘のくせに」と続くように聞こえる。

そのため極力目の届く場所には姿を現さないようにしたし、どうしてもという時は細心の注意を払った。食器音、ドアの開閉音、足音。一時は呼吸をするにも気を遣っていた。

義母と妹のいる家には帰りたくないのに、悠を一人放ってもおけない。ジレンマを抱き始めて約十年――そうして今日に至る。


再び一息つけた頃には夕刻に差し掛かっていた。

「本日の業務は全て終了ですＣＥＯ」

「ならここからはオフだな」

親指で私の唇を意味深に弄(いじ)りだす、これが合図だった。秘書業務から偽装妻業へシフトした、残念なお知らせだ。

「恋。舌」

「こ、ここで？」

ここはホテルロビーのど真ん中である。こうして日頃から甘い雰囲気を見せつけていないと、この男はすぐに女を寄せつけてしまう。……だとしたって、人前でする行為とはとても思えない。

——本当に、しなきゃだめ？

瞳で哀願する。ところが「嫁だろ」とあっさり一蹴されてしまった。

廉が私と顔を突き合わせるように腰を屈める。そのついでに零れた横髪を耳にかけられて、それだけで甘い吐息が漏れてしまうほど、熱量が増した。

ちろ、と控え目に舌を出すと、廉は満足そうに鼻を鳴らす。

「呆れるほどドMだな。普段はムカつくほどカチッとしてんのに。おまえ可愛いよ」

私の舌先がかぷっと唇に収められると、それは官能が疼くキスとなる。

互いの欲情スイッチを互いが握っている——常に行動を共にしている私達は、その疑惑が確信に変わるまでそう長くは要さなかった。

それでも、序盤で敷いた「偽装」のレールを踏み外すことに、私には躊躇いがあった。

「——見せつけてくれるねー」

夢中になっていると、どこからともなく京極リゾート社長の声が耳に届き、すかさず二人して頭を下げる。

「社長。スイートルームまでお貸しいただきありがとうございます」

「いやあ、こちらこそありがとう、豹牙くん。前任の重役らに詫びの品を持って一軒一軒挨拶回りをしてくれたそうじゃないか」

これに眉をひそめる廉に対し、社長は言いにくそうにごほんと一つ咳払いをした。

「実は、重役を外された義弟らが君のやり方に酷く不満を持ってね。君に任せたことに難色を示し始めていたんだ」

「株主総会で経営陣を総入れ替えした件ですか」

「そうだ。ところが先程連絡があったんだよ。お詫びの訪問のみならず、大好物のワインまでいただいたとかで、そりゃもうご機嫌で」

「詫び？　訪問？　ソイン？」

心当たりのない話を前に、廉の眉間のしわは深まっていく一方である。

「君の強引なやり方には冷や冷やしたが。良い秘書を持ってるね豹牙くん」

と、その社長の言葉である程度察したようだった。「勝手に何やってんだこのやろう」という視線が酷く突き刺さる。ここはあえて目を合わさないほうが身のためだ。

隣のでかい上司を軽くかわして社長に一礼した。

「私は頼まれた仕事をこなしたまでです。全ては豹牙の気持ちですので、どうぞお受け取りください」

「我々の親族にまで気遣いをありがとう。いいね。脇目も振らず突き進む豹牙くんと、心遣いで彼をフォローする朝比奈くん。君達ぴったりだ」

では、と軽く右手を挙げた社長に向け、再び腰を折り丁寧にお辞儀をする。

——皆さんに気持ちが伝わって良かった。

などと一服できる状況ではなさそうだ。こけし秘書にはお叱りの時間が待っているのである。

「おい嫁説明しろ」

「勝手をして申し訳ございません。株主総会の後、CEOの決定に不服そうな顔をした重役の方々を見掛けました。早々にフォローしたほうがよろしかったかと」

「失脚させた重役は十一名だぞ。全員の家に？　一人一人の趣味嗜好まで調べたのか」

「もちろん。公平さに欠けますので。それぞれの秘書の方に教えていただきました」

「なんでそこまで？」

残念ながら私は、チームメンバーのようにある分野に長けたスキルを持ち合わせていない。スケジュール管理やファイル整理なら廉一人でこなせるだろう。力になれるとしたら、プラスアルファの努力しかない。

なんて、もっともらしいことを並べているが、結局はここに辿り着く。

「廉が毎晩遅くまで立て直そうって懸命に取り組んでるのに、あのままじゃ廉一人が悪者になっちゃう。それが嫌で。ボスの才名を守るのも、セクレタリーの役目ですから」

確かに廉はやり手だ。洞察力・決断力・行動力――全てを兼ね備えている。ならば安心して背中を任せてもらえる秘書でありたい。ぼんやりとそう思い始めていた。

ぐにっとしならせた眉に向けて、にこっと笑う。と、強く手首が掴まれる。手首を引かれる前に「来い」と言われた気がした。

あっという間にロビーから遠ざかり、人気のない通路をずんずん進んでいく。

「なに？　経費でロマネ・コンティ買っちゃったの怒ってる？」

「違うそこじゃねぇ……って、は。ロマネだァ!?」

廉の横顔から、はぁと重い溜息が漏れる。裏目に出る可能性だってあったし、私が勝手にしたことだから自腹覚悟でいた。けれどそれは声にはならなかった。この後起こるだろうことを無意識に期待していたのかも知れない。

次に廉と向き合った場所は、フロアの外れに位置するウェディング専用のレストルームだった。

廉が私を大理石調の化粧台に押し付ける。

「〜〜〜んっとに、おまえは抜け目のない」

「ごめ、んんぅ……ふ」

謝りかけて口を塞がれた。まだ先程のキスの火種が燻（くすぶ）っている。あっけなく、鼻から抜けるような声が出た。腰に手が回る。唇を合わせたまま、脇腹から胸までを器用になぞっていく。その過程で、何かに気づいたようだ。

「かった……」

私ご自慢の貴族御用達コルセットである。廉は当然妙な引っ掛かりを覚えたはず。ニットの内側に手を差し込まれそうになって、咄嗟に待ったを掛けた。

「上は、だめっ」

性能は抜群だが見た目がいただけない。それに、外されると装着が面倒なことになる。締め上げるのが大変なのだ。何より体型を偽っていることを知られてしまう。

「下ね。ＯＫ」

腕をクロスして上半身を死守したはいいが、それから重大な盲点に気づくのだった。

「下もだめ。もっとだめ」

「破られたい？　脱がされたい？」

――なんという究極の選択。

五重のゾッキサポートをどうするんだと思うけれど、どう答えようとひん剝く気だ。

人気のない場所に連れてこられた時点でどんなことが待っているかは予想がついていた。この男から逃げられるとは思っていないが、正直逃げたいとも思っていない、だけど。

床は高級感のある絨毯張り。衛生面の管理が徹底されたホテルは公衆トイレとはわけが違う。この時間結婚式は入っていないから、スタッフも近いトイレで用を済ますだろう。だとしても一応は共用スペースである。

「そんなに怒ってるの？」

「そうじゃない。領収書は全て俺に回せ」

「五十万超えちゃうよ？」

「コストカッターと呼ばれたおまえがそう判断したんだろ。必要経費だ」

「じゃあこれは何」

今まさにスカートの内側に割り込もうとしている手を目で示す。

――フリでもなければ怒っているわけでもない。それならなぜ私は襲われようとしているの。

じっとり見上げていると、そのうち廉は何か閃いたような表情をする。「ああそうか」と前置きをしてから、大切なものを扱うよう慎重に唇を開いた。

「いい女。俺にはない才覚と、俺同様意地でも己の足で立とうとする根性がある。おまけに陰ながら俺の才名を守るという。そんなおまえがいじらしい――本気で俺のものにしたくなった」

「――っ」

どんな告白より胸に刺さった。その気がなくても気持ちが持っていかれそうだ。

沈黙を覆う、熱を帯びた二つの吐息。この時彼はきっと体より頭を働かせていたのだろう。

「おまえ、やっぱ脱いだらそこそこの女だろ」

そういえば、この男は初対面で見抜いていた。私が身形を偽っていることを。

「……脱いでもこけしだよっ！」

そこを突かれてしまえば長居は無用。それだけ言って、この場を立ち去るので精一杯だった。

そう、私には、セックスや恋愛なんかにかまけていられない事情がある。少なくとも今はこの装備を頑なに守っていかなければいけない。

上司と部下。セフレでもなければ恋人でもない。

こんなつもりじゃなかったのに、王様はどうしようもなく私を惑わせる。

「――悠〜今日の時間割大丈夫？」

「ばっちりだぜ。昨日のうちに教科書はランドセル入れといた！」

「偉い。そしたら行こっか」

悠の登校を途中まで見送って出社する、これが私の日々のルーティンになっていた。

義母は私が昼間何をしていようが、どこで仕事をしてこようが、興味はない。あっても、日中家にいなくて良かったという程度だろう。

「恋聞いて。こないだの算数テストで九十二点とったんだ！」

「本当？　凄い悠！　お父様喜ぶね」

「つっても俺の学力って牛丼に例えたら中盛くらいだもんなぁ」

「なーに言ってるの。九十二点は上出来」

「特盛に言われたくねーなぁ」と呟きながらも、友達の姿を見つけて元気良く走り去っていく悠。

「気をつけて」とさらに背中を押す私は母そのものである。

悠の実の母親である義母は彼の育児に積極的ではなかったため、身の回りのお世話は私の役目だ。

うちは普通の家庭とは違う。子供ながらに思うところはあるだろうが、幸いにも真っ直ぐすくすくと育ってくれた。悠を守ることが私の全て――この気持ちは今日だって少しも変わっていない。

ＣＥＯ室に到着したら、まず朝食の用意と上司のスケジュール確認。偽装夫を起こすのも変わらず私の役目だ。寝室では何かしらハプニングが起こりベッドへ沈められるが、これもいつものこと。

唯一確実に変わったことといえば、廉が私の身形を怪しむようになったこと。

「恋もこのスイートに住め。内縁の上に別居じゃ、説得力も何もねーだろ」

今日もまた、私はなぜかベッドに転がされていた。

「それなりの覚悟で俺のもとへ飛び込んできたんだろうが」

「もちろん。自立したいの、一日でも早く」

「なら尚更だな。俺は恋をお飾りのセクレタリーにするつもりはない。今後は常に俺と行動を共にしろ、同じ目線で物事を見ていけ。徹底して吸収しろ、片っ端から盗め」

「……はい」

「住め」

「それは無理」

廉と夜を共にして、何もないでは済まされない。それは、どちらかと言うと個人的理由のほうが大きい。

重装備をバラしてしまえば、何故こけしを装っているかを話さなければならなくなる。家の事情や出自まで知られる危険性もある。そうなれば廉のチームも他企業同様に、私を厄介払いするだろう。

何よりあの家に悠一人を残せはしない。

この男に抱かれるとしたら「さよなら」をする時――漠然とそんな気がしていた。毎朝どんなに危機感に駆られようとも。

「ああわかった。これをひん剝けばいいのか」

「ひぁ!? どうしてそうなるのっ」

廉は躊躇なくスカートの中に手を突っ込む。トマトの皮を湯剝きするように、五枚重ねしたブラックのゾッキサポートをくるんとつるんと、難なくひん剝いた。

咄嗟にうつ伏せになったのだが、ショーツも同時に膝まで下げられ生尻を廉に向けている状態だ。

一般女子は一枚買い替えれば済む話だが、私の場合は一気に五枚もの損失を被るわけだ。破られるよりはまだ良い、けれど。

「ここに住めない理由はカラダの事情？ それとも他の事情？」

いつまでも口を割らない私に痺れを切らしたように、生の太腿に濡れたものを這わせてくる。

「恋は何を隠してる？ 元々こけしじゃねーよな、この細さ。コンプレックスを隠したい人間ならざらにいる。だが恋は真逆だ――おまえ、今までどんな生活をしてきた」

――答えられるわけない、口にもしたくない。

幼い頃から愛人の子として本家の娘より目立たないよう、鎧を纏って生きてきたなんて、口が裂けても。

それでなくとも今は声を押し殺すので精一杯だ。

廉の意地悪は計画的でタチが悪い。唇は内股ばかりにキスを落とし、少しずつ脚の付け根に向かって上昇してくる。さも、そこに辿り着くまでがタイムリミットだとでもいうように。

「ぁっ。ん。ふ、ぁ……」

「れーん。そんな腰浮かしてっと、いやらしい口が俺に丸見えになんぞ」

「ぁ……だめ、ぇ。浮かしてなっ、揺れちゃう。見ないでレっン」

「見せつけてんのはどっちだよ。強情な癖して本当、おまえは俺に弱いな」

煽りのキスはついにヒップにまで到達し、びくっと腰が仰け反った。

「っ、もうこれやぁっ」

埒が明かない。言うか喰われるかの瀬戸際だ。なのにカラダばかりが甘くなって、つい、めちゃくちゃにされたくなる。

「レ……ンっ廉んん」

「〜〜〜やめだ。吐かせる前にこっちの理性が飛ぶ」

幕引きと言うには突然すぎた。もうちょっとでソコに触れそうという時、そのスレスレの肌を啄み、思いきり吸い上げたのだ。

「う。ぁ〜〜〜」

「覚悟しとけよ恋。この痕が消えるまでには全てひん剝いてやる」

「っや、めて。誰だって知られたくないことくらいあるよっ」

「俺は見てみたいね。どうせ抱くなら、全て脱がせてめちゃくちゃに抱いてやる――」

乱暴な言葉とは裏腹に、私を抱き起こす手は守る物を見つけたと言わんばかりに優しい。

抱き締められて胸が窮屈になったのは初めてだった。


あれから日々繰り広げられる攻防戦はお決まりとなっていて、毎回大体同じところで収束する。

ちょっかいは出す。際どいところまで攻めて、けれど最後まで私を満たすことはない。

中途半端が日に日につらくなっていく……


「恋」

「ブラックコーヒーはご自分でどーぞ！」

「恋」

「本日の予定は全てメールで送りますので」

「口があるだろ、口が」

「文面で受け取っていただいたほうが確実です」

「〜〜〜。やっぱ明日犯す」

「残念〜明日は土曜日ですCEO」

「おまえは休日出勤に決まってんだろ」

「ええ……ブラック企業」

「あん？」

毎度お馴染みの朝食兼朝ミーティング。廉と私が口喧嘩をしながら寝室から出るのも、もはや恒例行事となった。

「おはよ～。まーたやってるの〝ダブルれん〟」

「ヤってねーよ。凛そこで化粧すんな、飯に粉が入る」

「えー。朝からカリカリしてるわね～」

マイペースにメイクを続ける凛さん。その横でアプリゲームをプレイ中の拓真さん。とりわけ真面目な緒方先生は既にビジネスモードに入っており、パソコンでメールチェックをしている模様。

「朝比奈さん、廉の機嫌どうにかして。あのままじゃ俺らの扱いが雑になる。恋人ならなんとか、さ」

「恋人？　いえ偽装妻です」

と、拓真さんの勘違いを正すと、てんでばらばらだったチームメンバーが揃って顔を上げた。

「え？　そんなにいちゃついてて（まだ）付き合ってないの⁉」

「うっそ～あの廉が（まだ）やってないの？」

「まだでしたかー」

「先生心の呟きが口に出てる～」

そんなふうに見られていたとはつゆ知らず、廉も私も、みんな何言ってんの状態だ。

「恋とは色々と相性が良いんだ」

「いやいやいや。それだけ？　当たり前のように隣同士に座ってるし。廉は所有物みたいに朝比奈さんの肩抱いてるし。俺らは何を見せられてんのこれ」

拓真さんは呆れたような口調で語るが、廉も私も頭上に疑問符が積み重なるばかりである。

「私は偽装妻の前に廉のセクレタリーなので」

「ほらな、俺のだ」

「え、それもう恋人って言うんじゃないの？」

「は？」「え？」――と二人して同じ反応を返すと、拓真さんはやれやれと首を横に振った。

「ある意味すげー。揃いも揃って自覚なし」

「しょうがないって思うしかないのかも〜。廉は自分から女口説いたことなんかないんだし。恋ちゃんは恋愛経験極端に少なそうだし」

あーだこーだ言い合う拓真さんと凛さんを横目に、廉は面倒臭そうにはぁと息を吐いた。

「だいたい恋人関係になんの意味がある？　所詮は口約束、精々暗黙の制約ができるだけだろ。浮気しないとかイベントは一緒に、とか」

「まぁねー、関係に縛られるくらいなら欲望に従ってただけのほうが、面倒がなくて楽かも」

――廉も凛さんも案外ドライ。

「凛まで言うか！　例えばこれ、見合いの釣書。廉には毎月何件もの見合い話が来る。これ以外にも廉を狙ってる女は数知れず。朝比奈さんさ、廉が自分でない他の子を選んだら……とか考えない？」

「……考えたことなかったです」

「はい重症ー。考えといてね、ここ大事なとこだから」

試験前の先生のようだ。拓真さんが手にした釣書をトントン叩くもので、一斉にそこへ目がいく。

――ああ、そうだった。

廉は妹の婚約者候補。あの釣書の束の中に樹奈も入っているのだろうか。

中でも樹奈は別格だ、国内トップの自動車メーカー市井オートの令嬢だもの。拓真さんの言う通り、廉が無下に破談にするとは言い切れない。

「――今日で自社ビル社員の引っ越しも終わるし、まずはレセプションパーティーね。参加してくれるかしら。女性ウケする老舗（しにせ）ブランド達」

「その辺は凛に任せる。欲しいブランドに片っ端から招待状出せ」

「は〜い。日時はどうする？」

「来週の土曜でいこう。拓真セッティングよろしく」

「宅地建物取引士資格がようやく役に立ちそうですね。私は賃貸借契約書でも作成しておきます」

「さすがミスターオールマイティー。先生頼みました」

朝ミーティングが始まり、そして終わった今でも頭の中にかかった靄（もや）が消えてくれない。

樹奈は廉を気に入る、これは絶対だ。また、義母は廉を娘婿にしようとしている。廉にその気がなかろうと、樹奈に異様なまでの執着を見せるあの女が簡単に引き下がるとは思えない。

悠のことを思えば、お見合いがどう転ぼうが私が樹奈より前に出る選択肢はない。

――わかっていた、はずなのに。

「恋？　どうした？」

「あ、大丈夫。ちょっと化粧室……」

不覚にも動揺が顔に出ていたに違いない。目敏(めざと)い廉が見逃してくれるはずもない。

「おい待て、それが大丈夫って顔か？」

――私を辱めるその手で？

「手ぇ放して漏れそう!!」

「その手に乗るか！」

――たまに甘ったるく私を宥めてくれるこの唇で？

「ごめんね今はちょっとまず――」

――樹奈を、抱くの？

「あーわかった。もうなんも聞かねーから俺の胸で泣いとけ」

廉はそれから本当に何も問うことなく、ただ私を胸に埋めた。爪でしっかりしがみついたのを今でも覚えている。

その夜の家は賑(にぎ)やかだった。

靴を脱ぎ、いつも通り二階の自室への階段を上っていると、家族の声が漏れ聞こえてくる。珍しく父も帰っているようだ。

「――樹奈ももう二十二歳か。今年は何が欲しいんだ？」

「エルメスのバーキン！」

「いいぞ買ってやろう」

「ピンクのお姫様ドレスもよ、パパ」

「わかったわかった」

リビングでは樹奈の誕生日パーティーの話し合いがされていた。そういえば来週末は妹の誕生日。レセプションパーティーと同日である。

もちろん私は出席したことがない。父は私にも毎年誕生日パーティー用のドレスを用意してくれているらしいが、必ず義母のチェックを通すので手元にそれが届いたことはない。「来るな」ということだろう。

「今年はホテル・キルトン屋上のレストランを貸切ったのよ。結城（ゆうき）グループの要人の方々も招待していますから、あなたも出席なさってくださいね」

「ああ、もちろんだよ。今年はやけに豪華な面子だな」

「大きなプールがあるのよパパ！」

「ああ、いいな」

結城グループ——日本三大財閥の一つ、同族経営による巨大な独占企業集団だ。

市井オートは結城グループの自動車部門である。大きな決断をする際には必ず結城（お上）にお伺いを立てなければならない。

「ところで悠はまだか？」

「塾へ行ってます」

「そうか、頑張ってるな。今年で悠も十一歳、市井の跡取りとしてグループの要人にもそろそろ紹介しておいたほうがいいだろう」

「そのことですが、あなた、悠は養子に出しましょう」

――え？　何を、馬鹿なことを言っているの。正気!?

自ずと階段を上る足は止まっていた。一言一句漏らさないよう聞き耳を立てる。

「冗談はよせ。俺とおまえの子だぞ？」

「ええ、でも悠はまだほんの子供でしょう？　あなたの跡を継ぐまで何年かかるとお思いです。荷が重すぎます。ですから市井の後継者は私が別に用意します」

やはり私が睨んだ通り、別に用意する娘婿というのが廉だったようだ。

「確かに悠は若すぎる。育つまでに俺がくたばるかもわからん。だが何もそこまで」

「既にお話は通してありますの。将来など気にせず生活できる、そこそこの良いご家庭です。パーティーにいらっしゃいますから、あなたもご挨拶を」

――独断でそこまで？　勝手すぎる。

「いや待て。樹奈にとっても実の弟だろう。養子に出すなど」

「え～どうでもいい～。お姉様にしか懐いてない弟なんて、家にいてもいなくてもおんなじ」

「樹奈……。ひとまず、悠はパーティーは欠席、養子の件は改めて、だ」

「ええ、あなた」

妻がいながら愛人と子を作った負い目があり、父は義母に強く言えない。けれど、正直悠に関してまでこうとは思わなかった。

私を追い出すなら理解できた。だけどこれでは、悠の居場所どころか生まれながらの権利まで失ってしまう。実子なのに財産相続も、市井の息子という誇らしい身分まで。

——悠。悠……悠。

「——お。恋じゃん！　俺もちょうど今帰って……どした？」

慌てて玄関から飛び出すと、塾帰りの悠が門前にいた。泣きそうになる涙腺を引き締め、目の前の体をぎゅっと抱き締める。

——ろくに育てもせず、使えないと判断したらお払い箱？　養子へ出すなんてどうかしてる。まだ年端もいかない悠が何をしたというの。子供をなんだと思ってるの。

「恋……？」

「ねー悠。今度の土曜日デートしよ？」

「姉ちゃんの誕生日？」

「うん。悠と私はパーティー欠席って言ってあるから……たくさんおめかしして、みんなをびっくりさせちゃおっか」

「何それ、面白そう！」

無邪気にはしゃぐ悠に向けて、精一杯の笑顔をこしらえる。

——大丈夫、あなただけは守るよ。私の全てをかけて。

悠と共に家へ入るなり、リビングから出てきた父と目が合う。見るからに酷く疲れた顔をしていた。

「恋、と悠か。おかえり。すまないが樹奈の――」

「承知しております、お父様」

「……幼い頃は際立って目を引く子だったが……似てないな、玲には」

朝比奈玲、私の母の名だ。当時母はちょっと名の知れたファッションモデルだったらしい。その娘がこんなフォルムで、さぞかしがっかりしていることだろう。

先に悠を部屋へ行かせ、久し振りに父と向き合う。

「お父様は先程の悠の件についてどう思われますか」

「聞いていたのか」

「お願いがあります。週末、ホテル・キルトンでの悠と私の言動を黙認していただけませんか。お父様にご迷惑はお掛けしません」

ただならぬ覚悟で父へ厳しい視線を送る。初めてこんなに強い意思を示した私に、父は驚いていた。

「……玲も同じ目をしていた。強く、ブレることのない、そしてどこまでも澄んだ目だ。すまない、私の甲斐性がないばかりに、おまえや悠にまで肩身の狭い思いをさせていたのだな――悠を頼めるか、恋」

父に無言で頷こうとした矢先、リビングからあれが顔を出したのだった。

「パパどこ……パパ！　樹奈が欲しいバーキンの画像これ……あらお姉様、おかえりで」

——ああ、見つかっちゃった。

今の私の心境を表すとしたら「ゲームオーバー」。

義母は私を忌み嫌っているだけで、大人しくしていれば個人的には害がない。だけど樹奈は違う。

樹奈のいる時間・場所を極力避けて日々暮らしてきたというのに、不意打ちとはいただけない。

玩具（私）を発見するなり玄関先まで駆けてきたこの娘が私の異母妹、樹奈である。

「お姉様ってば相変わらずダサぁい。生まれ持ったものがこんなんじゃなくて良かった〜」

童顔にくりくりおめめと見た目は少女のように可愛らしいのだが、中身がどうも受け付けない。

二十歳を超えた今でも甘えん坊で我儘放題——典型的なザ・お嬢様である。

義母が甘やかしすぎたのだ。

「元が悪いってほ〜んと不憫（ふびん）ね。お洒落しても意味ないしぃ？　男性にもドン引きされるしー。樹奈を可愛く産んでくれたお母様に感謝しなきゃ」

「そうね」

——そのひん曲がった性格に私もドン引き。

モブキャラの私をけなすのはいつものこと。ただ、見下している癖して妙に張り合ってくるのだ。

「そ〜うだ、お姉様に残念なお知らせ。樹奈結婚することになったの。お姉様には一生縁のないと〜っても素敵な男性よ。ごめんね？」

「さすが樹奈ね」

——その男とキスしちゃったよ、ごめんね？

「恋にそんな言い方はやめなさい、樹奈。見合いに関してはお相手の方のお気持ちもあるから」

「心配しないでパパ。樹奈が欲しいって言って手に入らなかった物なんてないもん」

——人生ナメちゃってる。

とは言っても女の武器をフル活用する徹底したヒロインぶりは賞賛に値する。

「樹奈。その画像を見せてみなさい。リビングへ戻ろう」

「はぁ～い」

今回は父がいたため姉いびりが長引かなかったことは不幸中の幸いだった。

さしあたって、私が豹牙廉の近くにいることは隠しておいたほうが良さそうだ。

——今は、悠。悠の件をどうにかしないと。


パーティー前日のＣＥＯ室。

ソファでうとうとしていると、心配そうな凛さんに顔を覗き込まれた。

「——恋ちゃんどうしたの、真っ青よ。大丈夫？」

「あ、はい。ちょっと寝不足で」

いよいよ体力の限界を感じていたところ、気遣いの言葉と共に凛さんから受け取ったものがあった。レセプションパーティー用の衣装である。

「私の分まで用意を……？　すみません、実は家庭の事情で出席できそうになくて」

「あらそうなの？　せっかく恋ちゃんに似合いそうなドレスなのに」

「……これ、お借りできませんか。あと……当日、凛さんにお化粧をお願いしたいんです」

突拍子もないお願いを、凛さんは二つ返事で引き受けてくれた。

そして当日……

——これが、私？

鏡に映る自分を、他人を眺めるように確かめる。

「やっぱり私の目に狂いはなかった～恋ちゃんとっても綺麗。世界中の男が恋しちゃうくらい」

「持ち上げすぎです凛さん」

美のプロの手にかかればこうも別人になれるのか。

重装備がドレスに変わった感想は、軽いよりも不安。長年のこけしに馴染んでしまった私には、素の全てが違和感でしかなかった。

「意地でもこけしを守ってきた恋ちゃんが脱ぎたいだなんて。男かな？」

「……とても、とても大切な子です」

「そのようね。こっちは私達に任せて、いってらっしゃい」

「ご迷惑をお掛けします」

チームにとってレセプションパーティーは最初の大仕事。

拓真さんには弟がいることだけを話し、披露宴用に用意されている就学児タキシードをホテルでレンタルしてもらった。さらに、義母の言うようなケースで養子縁組が可能なのか、弁護士資格を持つ緒方先生にも相談した。身バレ防止のために他人の話を装って。そして、「家の事情で」としか伝えなかった廉までもが、あっさりと私の欠席を許可してくれた。

誕生日パーティーの参加者は一人残らず把握済み。中でも、父すら頭の上がらない結城グループの要人らについては、連日徹夜して徹底的に頭にインプットした。これでこの後のパーティーに挑むことができる。

——覚悟して。お義母様。

樹奈の誕生日パーティーは夜開催される。陽が傾いてきた頃、準備を整えた悠と私は目的地へ向かっていた。

「——恋！　やべぇ、すげー綺麗だ！」

「悠こそ。タキシードとても似合ってるよ、かっこいい。……ん、その紙袋は？」

着替える時も肌身離さず、大切そうに胸にぎゅっと抱きしめている物が気になっていたのだ。

——樹奈へのお誕生日プレゼントかな。

「ピンクとかキラキラした物好きだろ、だからその、ピアス？　あんま話さねーけど、やっぱ俺の姉ちゃんだし」

「うん。悠はいい子ね」

一人で女性物売場へ乗り込み、一生懸命選んだのだろう。想像しただけでも微笑ましい。

悠の優しさが届いてくれますように——願いを込めて、その小さな手を握ったのだった。

ホテル・キルトン屋上のスカイレストラン。中央のプールを囲むようにテーブルが配置され、素敵なロケーションで食事を楽しめる。

悠と私が到着した頃にはリスト通りの面々がちらほら揃い始めていた。

——重鎮ばかりを集めて、悠を完全に排除しようというの。

現在時刻午後六時。主役の樹奈と義母の登場は六時半の予定だ。それまでに、結城の要人だけでも挨拶を済ませておきたい。

——内側からどうにもできないなら、外堀から埋めるしかない。

市井の人間だと認識されていない私にできることは少ない。だけど、運に見放されているわけではなかったようだ。

「参加未定だった結城グループの総帥（そうすい）がお見えに……」

巨大組織のトップといえばお代官様をイメージしていたのだが、登場した総帥（そうすい）の姿が事前に写真で確認した通りで、二度驚く。思わず見惚れるほどダンディーなおじ様なのだ。

彼と私はこれが初対面だった。

「結城総帥（そうすい）。少々お時間をいただいてもよろしいでしょうか」

「ああ構わんよ。ほう、なんて美しい子だ。君は？」

「名乗るほどの者では。当パーティーのいちプランナーです。……僭越（せんえつ）ながらご紹介させていただきます。こちらが市井オート唯一のご子息、市井悠様です」

悠とは事前に打合せ済みである。悠は、教えた通りに脇を締め、深くお辞儀をした。

「父がお世話になっております。今宵は姉のために御足労感謝いたします。市井悠と申します。以後精進して参りますので、よろしくお願いいたします」

——完璧。

我が子の成長にふいに涙腺が緩むも、必死に堪えて結城総帥の目色を窺う。

意外にも彼は目元を綻ばせ、その表情には優しさが滲み出ていた。

「今日は市井の跡継ぎを紹介してもらえるというので少し顔を出してみたんだが……君だったのか。その歳でとてもしっかりした子だ——将来が楽しみだな。そうか、ならば用は済んだ。私はこれで失礼しよう。お嬢さん、令嬢にお祝いの一言を頼めるかい？」

「もちろんです。承りました」

——義母が「跡継ぎを紹介」？　まさか廉も来るの？　リストにはなかったはずだけれど。

こうしてはいられない。今のうちにと、一人でも多くの要人に挨拶回りをしておく。

そうして一通りの目的を終わらせた頃、本日の主役が現れた。

「——悠？　何故あなたがいるの。どなたが連れてきたの、余計なことを」

あらかじめここへ来る宣言をしてあった父は私の姿に目を丸くしていたが、義母と樹奈は〝私〟と認識できていないようだった。

珍しく家族が揃ったためか悠はいつになく嬉しそうで、樹奈へ向けてあどけなく笑う。

「姉ちゃん。お誕生日おめでとうっ！」

「……。なぁにこれー？　いらないわよそんな安モン。私を誰だと思ってるの～？」

――なんて、ことを。

樹奈は弟からのプレゼントを受け取り――ちらと目をやると、すぐにプールへ放り投げてしまった。悠の想いはみるみるうちに水を吸い、水面で傾いている。悠は絶句して固まっていた。

「っ――最低ね樹奈」

「その声……」

――ああ、もっと早くこうしていれば良かった。私にだけ矛先が向くように。

「お義母様――恋です」

妹より目立たないように生きてきた。私は所詮愛人の子、二人に意見するなどもっての外。それが最も平穏に、かつ弟を守りながら生活できると思っていたから。

――でも悠を傷つけるなら話は別。

わざと大きな身振りでストールを剥いだ。腰まで伸びたミルクティー色の髪が夜風にふんわりと舞う。

「わぁーあの人綺麗。モデルさんかな？」

「そうなんじゃない？　だって主役の樹奈様が霞んじゃうくらい……」

「うん。超美人」

凛さんが用意してくれた衣装は膝下丈のフレアドレスだった。光沢のある黒い総レース生地とAラインのシルエットがフェミニンさを引き立てている。オープンバックで背中がぱっくり開いており、胸のVカットも負けじと深く入っているため、ボディラインを隠せないデザインだ。

初めてのピンヒールは、バランスをとるので精一杯。

「お父様、悠をお願いできますか。甲斐性がないと自覚しているなら、息子の心くらい守ってみせてください」

「恋……わ、わかった。悠行こう」

放心状態の悠を連れ、父は会場を後にする。義母と樹奈は、揃って鳩が豆鉄砲を食ったような顔をしていた。

今宵はだて眼鏡もウィッグも、コルセットすら脱いで挑んでいる。素の自分を多くの目に晒すのは、あの家に招かれた十三歳以来なのだから、彼女達の反応も致し方ない。

「恋……さん？」

「お姉様？　細い……のに、胸……っ？」

「すみませんお義母様。余りにも頭に来たので隠すのはやめました。取り急ぎ、皆様の前で悠を養子に出す発言を撤回していただきたいです」

不思議なものだ。分厚い鎧を纏っていた時より余程自分が強く感じる。己に実直であること──それが何よりもの強さなのかも知れない。

「……養子は決定事項です。愛人の娘さんが気にされることではありません」

「ご自分のお腹を痛めて産んだ子でしょう。なぜそんな馬鹿げたことが言えるの？」

「ママとも呼ばない子を自分の子と思えるわけがないでしょう」

「悠の育児放棄をしたのはお義母様ですよ」

「そうだったわね、それであなたなんかに懐いたわ」

「当たり前です。あって当然の母の愛がなかったんですから」

「っ……今までは大人しかったのに。ああ言えばこう言う！」

「すみません。素はこういう性格なもので」

義母は声にならない怒りで頬を膨らませている。

私達を遠まきにして、参加者達が皆こちらに注目していた。主役の母親が声を荒らげたのだから当然だ。全てが、狙い通りだった。

「先程、結城グループの要人の方々には『悠が市井の跡継ぎです』とご挨拶をさせていただきました。結城総帥はとても素敵な方ですね。悠の成長を楽しみにしてくださるそうで」

「総帥……いらしてたの!?　何故そんなことを！」

「結城の知るところとなれば、下手に悠を養子になど出せなくなると踏んだからです」

義母が言葉に詰まったのを好機に、私は一気に捲し立てていく。

「弁護士の先生も仰っていました。十五歳未満の子を養子にする場合、裁判所の許可が必要と。市井ほど資産のある家庭で、両親が揃っているにもかかわらず未成年を養子に出す……それってもう、児童相談所の管轄ですよね」

「児相ですって？　市井が、そんな……っ」

ここまで封じれば、立場を気にする義母は問題にならないだろう。厄介なのはやはり樹奈だった。

「どうしたのお姉様。怖～い、人が変わったみたい。悠がどこに行っちゃおうと私にはどっちでもいいんだけどー」

わからないでもなかった。幼い頃から悠は樹奈と遊ばせてもらえず、名ばかりの姉弟だった。けれど、それを差し引いたとしても、このひん曲がった性格は自己責任としか言いようがない。

「そんなことよりその容姿～。私にダサいって言われたのが悔しくて全身整形したのぉ？」

――相変わらず芸のないお嬢様脳ね。

地味でいればダサくて、小綺麗になれば整形したことになるらしい。意地でも私より優位に立とうとするのは平常運転。

それでも、この調子で悠の精一杯を、たった一人の姉を祝いたいという健気な想いを、せせら笑ったのだと思うとたまらず手が出た。

――パン！

「なんてことを！　樹奈!!」

「なっにすんのぉ!?」

「大丈夫よ、頬の痛みはすぐに引くから。でもね、心の傷は一生消えないの。悠があなたに何をしたの？　家族に甘えたくて、偉いねって褒めてもらいたくて、無邪気にたくさん笑って――まだそんな歳の子を……っ。二度と悠にあんな態度とらないで」

「っ、お姉様がうちに来なければ良かったんじゃない！」

――わかってるよ、そんなこと。だからやりきれないんだ。

仕返しと言わんばかりに両手で思いきり突き飛ばされる。自分を否定されると逆上する、典型的なパターンだった。慣れないピンヒールがぐらついたので、この際プールへ飛び込むことにする。

「あらー。せっかくおめかししたのにずぶ濡れねぇ。お姉様かわいそう～」

樹奈の言葉には構わず、沈みかけていた悠のプレゼントを掬い上げて胸に抱く。

水面に浮上すると、会場の様子がどこか違っていた。

そして察知する――女性達の輝く瞳と、雄々しく高らかに響く足音を。

人垣が一人また一人と減りゆくほどに「もしかして」の期待と確信が高まる。

顔面偏差値の高さは言うまでもない。歩みを進めるほどに撒き散らされる独特のフェロモン。いやらしさを強調する長めの黒髪。スリーピースの下の大胸筋の盛り上がりから、体格の良さは一目瞭然。

結城の要人すら自然と道をあける、その姿はまさしく威風堂々たる王様だった。

「この度はおめでとうございます。それと、見合いの申し出をどうも」

――廉……

「れ、廉様！　実物は一層素敵……イケメン……超タイプ……樹奈、幸せ者ですぅ」

「これは、まことに、息を呑むほどの色男ですこと。今宵来てくださったということは……ふふ、良いお返事がいただける気はしておりましたの」

――まるで百面相ね。

先程までの鬼の形相が嘘のよう。樹奈ばかりか義母までが頬を赤く染め、廉の容姿に心酔している。一方「どーよ」と言わんばかりに私を追い詰める樹奈の勝ち誇った眼差し。

やはりあの釣書の束の中に樹奈のものがあったのだと確信すると同時に、なんとも言えない感情に襲われる。

同時刻に行われているはずのレセプションパーティーを抜けてまで、廉はわざわざここへ来たのだ。相手は市井の令嬢、社会人ならば無下にできるはずもない。大多数にとってはむしろ、願ってもない良縁である。

悠の養子の件はどうにか食い止められたろう。義母と樹奈が感情的になってくれたお陰で、参加者に少なからず不信感を植え付けられた。もう望むことはない、だけど。

——樹奈だけは、嫌……

「今夜はお嬢さんをいただきに来ました」

躊躇なく吐き出された廉の決断に、胸が酷く締め付けられる。

「感無量です廉様……っ。樹奈、心の準備はできております！」

「まぁ豹牙さんたら。わたくしも、今宵は樹奈の婚約者を早く皆様にご紹介したくて、財界でも名の知れた方ばかりお呼びしておりますの」

「お誕生日が婚約披露パーティーになるなんて。最高のお誕生日プレゼント！　ねー廉様ぁ」

——触らないで。

樹奈が廉の腕に絡み付き、柔らかな胸を押し当てて、甘えん坊全開の上目遣いで最後のひと押しに入る。男ならば、女慣れした廉でも悪い気はしないだろう。

「……市井社長は？」

「さあ？　主人は樹奈の弟とどこかへ消えました」

「プールのあれは？」

「あ～あれは一応私のお姉様？　大きな声じゃ言えないけど、パパの愛人の娘だからほぼ他人なんですよぉ」

「そういうことか」

誰もが羨む素敵な婚約者に、無様な私を見せつけたかったに違いない。樹奈が意味ありげに目線を移したもので、廉としっかり目が合ってしまう。

幸いこの姿を見せたことはない。その上きちんとメイクアップもしている。廉は私の素性を知らないはずなので、こけしがこの会場にいるなどと思うわけがない。

――今の私はプールに浸かっていて、ただでさえ上半身しか見えていませんし。

堂々と初対面の振りをして頭を下げてみたのだが、愛人の子に下げる頭はないとでも言うのか、挨拶が返される気配はない。こちらを見つめたまま、廉が口を開いた。

「あの時――俺宛の見合いの釣書を見せられて動揺してたのは、妹が見合いを申し出たと知ってたからだな。拓真に子供用のタキシードを借りさせた辺り、意地でも守ってきたこけしを脱いだ原動力は弟か。緒方先生に相談したように、養子にでも出されそうになったか？　んで、このパーティーになんらかの打開策でも見出したか」

何かを分析している様子の廉だが、それにしてもなんだか身に覚えがありすぎる経緯である。

「そしてこけしを演じてた原因は、タヌキ義母とバカ娘で決まりだな」

「たぬきですって？」

「馬鹿娘ぇ⁉」

「すっとぼけてんじゃねーぞ恋。自分が選んだドレスを見間違うか、馬鹿」

この物言い。恐らくレセプションパーティーを欠席したいと言い出した時から、廉は私がここへ来ることを知っていた。その上で、自分が選んだドレスを私に着せたのだ。凛さんを使って。

これではいくら化粧しようが体型が変わろうが隠せるわけがない。しっかりあなたの印を纏っているのだから。

「言ったはずだ、全て——おまえの全てをひん剥いてからめちゃくちゃに抱くと。そして俺はその瞬間をみすみす見逃してやるつもりはない」

今宵の全てが俺の手の内だった、とでも言いたそうな口振りである。

——なんて男。なんて危険で、魅力的な。

王様がプールサイドに膝をつき手を差し伸べてくる。だけど簡単には取れそうにない。戸惑いで震えた手をぎゅっと握った。

「市井の娘だってことはおまえを雇った日に拓真から聞いてる。血縁関係は今そこのに聞いて知った」

「ならどうしてすぐ辞めさせなかったの？　令嬢なんて扱いづらいし厄介で——」

「関係ないね。朝比奈恋をこの目で見て、俺が欲しいと思ったから雇った。その得体の知れない芯の強さに興味が湧いたのと、俺の勘？」

「樹奈との縁談は？　樹奈は正真正銘の市井だよ？」

「俺がネームバリューに釣られる男だとでも？　家柄になんの意味がある。あるに越したことはない。けど俺ならあってても使わずに自力で全てを勝ち取る」

その底知れぬ力強さは、腕一本でここまでのし上がった廉らしいと思った。

差し伸べられた掌でそっと頬を撫でられて、涙腺がきゅんと鳴く。

「それにしても、ここまでの美貌をよく今まで隠してこられたな——これは反則だ。失敗した……えろいカラダ」

「いやらしいのは廉だよ。こんなに露出の多いドレスを選ぶなんて」

「寸胴が少しは艶っぽくなると思ったんだ。なのにこれだ、わかってたらこんなドレス着せてねーよ。おまえ色々と反則——もう、俺のもんになっとけ」

来い、と言われた気がした。廉の腕のリーチ分だけあった隔たりが、引力に導かれるかの如く狭まる。吐息がかかる距離で廉を見上げると、自然と唇が重なった。

触れるだけでは終わらない。唇が離れそうになると今度は強く押し付けられる。

私の身体がまだプールの中にあることも忘れて、後頭部を首ごとがっしりと掴まれ、何度も角度を変えて交わる。欲しいと……希(こいねが)っているみたいに。

——だめ。これはもう手が付けられない。

「……映画のワンシーンみたい。うっとり」

「駅前でイチャつくカップルは爆発しろって思うのに、あれは文句のつけようがないっていうか」

「美男美女だからかな、ただただ綺麗――」

どこからともなく漂うひそひそ声を拾えてしまうくらい、辺りは静まり返っていた。

棒立ちになっている義母と樹奈の気配だけは感じ取れる。

あの家のお世話になってからというもの、自己主張もお洒落も全部我慢した。それらをなんとも思わなくなるくらい、本当に全てを諦めてきた。

一つくらい欲しがったってバチが当たらないんじゃないか、そんな気すらしてくる。

「……廉。抱いて？」

キスの合間の吐息が声になった。もう一つ吐息が増えて、重なった。

「恋。もう一回」

「めちゃくちゃに、して」

王様の甘い罠（わな）にハマった恋（こい）は、どこまでも溺れていく――

王様と溺れる

廉みたいな男に、カラダだけならまだしも心まで惹かれてしまったら、溺れるだけでは済まされないのかも知れない。

「〜〜〜れーん。ここで俺を煽るか」

プールの中から見上げた廉は、何かを堪えるように目を細めた。

「ご、め」

「自分で言っといて照れてんじゃねーぞ」

「だってこんな恥ずかしいこと言ったの初めてでっ」

「——限界、さらってくぞ。溺れる覚悟はとっくにできてる」

——それは、どういう……

頭上に疑問符を浮かべている私に構わず、廉は一瞬で私の身体をプールから引き上げると、そのまま抱きかかえる。こんなにもお姫様抱っこが様になる男はそういないだろう。

「ね。私歩けるよ？　廉が濡れちゃう」

「どうせすぐ脱ぐ」

「——っ」

廉はどこまでも泰然自若としていた。ショックを受けたように言葉を発しない義母と樹奈の前に、私を抱えた廉が堂々と立つ。

「これは、どういうことですか、豹牙さん。樹奈との縁談を受けると、先程——」

義母の第一声は憤りに震えていた。これを受けた廉は顎を少し傾け、紳士らしく微笑む。

「そんなこと俺は一言も？」

「「はい!?」」

母娘（おやこ）ともに声が裏返っていた。話が違うじゃないか、といった感じだろう。

「こ、こんなの整形なんだからっ！　廉様、お姉様に騙されないで！」

「それは俺が責任持ってこれから確かめてきます」

「「確かめ……!?」」

「大切な記念日に、俺の恋がお騒がせしました。お詫びに樹奈さんの生まれ年のサロンを用意させていただきました。皆様でどうぞ」

サロン——一本十万はくだらない高級シャンパンである。

こうなることを予測して事前に用意していたのだろうか。

「嘘ぉ、廉様ステキぃーっ！」

「樹奈、惚けてる場合ですか！　この女に略奪されたのよ!!」

「では俺はこれで。お嬢さんを、いただいていきます」

そそくさと会場を去ろうとする私達に痛いほどの憎悪が浴びせられる。

しかし、抱きかかえられた今、廉の背中がそれらから私を守ってくれていた。何もかもが鮮やかすぎる。

——ああ、どうしよう。凄くかっこいい。

「イヤっイヤよ！　廉様ほどかっこいい男の人、樹奈見たことないんだからぁ。それがお姉様なんかと！」

「ええ樹奈、大丈夫よ。許さない……絶対に許しません」

負け犬の遠吠えではなく、本心だろう。

愛人に旦那を奪われた挙句、愛人の娘にまで愛娘の婚約者候補を奪われたのだ。これまでにどんな仕打ちを受けていようが、素直に申し訳ないとは思う。

だけどこれで完全に、義母と樹奈の矛先は私へと向いた。

「悠に連絡しなくちゃ。お願い、悠に会わせて」

「弟は恐らく大丈夫だ。ここへ来る前に下で偶然、市井社長とおまえの弟らしい男の子の会話を聞いた。暫く家を離れて二人でホテルに滞在するそうだ」

矛先が私だけに向いたとしても、あの家に住む以上、腹いせに悠が辛く当たられる可能性は否めない。一時期でも別居を決意してくれた父に感謝したい。

——お父様は、悠を守ってくれた。

「レセプションパーティーは？」

「拓真と凛に任せてきた。あいつらがいれば大丈夫だろ」

結果的にチームのみんなには悪いことをしてしまった。私事で廉まで借りてしまったのだから。

「あとはおまえの服か」

「ごめんね、せっかく用意してくれたのにずぶ濡れにしちゃって……。このままじゃホテルにも迷惑掛けちゃうよね。タクシーにも乗れない」

「それは困るな。スイートまで待てなくなる」

「もう。そればっかり」

「そればっかりなのは俺だけか？」

――私も……だけど。

そうして廉と共に会場を出た所で、ホテルスタッフに呼び止められた。

「市井幸次郎様よりお預かりしている物がございますので、お帰りの際にはフロントへお寄りください」

紛れもなく父からだった。フロントで受け取った大きな箱の中にはドレスが入っていたのだ。

それが何か、すぐにわかった。樹奈のお誕生日パーティー用に私に用意してくれた衣装である。

毎年義母を通していたために、私の手に渡ったことがなかった物。

――父から初めて届いた、贈り物。

「恋？　どうし――」

「っ――これに着替えてくる！　下ろして！」

「おい」

本来の用途とは違うがありがたく使わせてもらうことにする。

それは胸元がくしゅっとなった、ラベンダー色のベアトップワンピースだった。廉が選んだ攻めのセクシードレスとは真逆だ。一見ネグリジェのような、ふんわりした甘めのもの。

――素敵。

年甲斐もなく嬉しくて仕方なかった。本当は私も欲しかったのだと、今更ながら気づく。

それもじきに脱がされてしまうことになるのだろうけれど。

ホテル・ラ・ランコントルのスイートルーム。

後頭部に手を添えられたのを合図に、扉を開く前から唇を奪われて、そのままなだれ込むように部屋へ入った。

「んっんん……レっン……」

「ああ凄いな。もう口んなかぐちゃぐちゃ」

──本当、いちいちいやらしい。

なんだかもう、キスだけで既に十八禁である。

「っ、待って。下着濡れたまんま、だから」

「着替えんの？　どうせすぐ濡らされんのに？」

息苦しいほどの胸の動悸に、厚い胸板に手をついたのだが、迂闊に距離を取った私が馬鹿だった。

いつになく熱を帯びた眼差しに、早くも心臓が揉みくちゃにされそうだ。

「わけわかんなくなる前にこれだけは言っとく。俺は自ら手にしたものへの執着も独占欲も半端ない。特におまえに関してはどうしてか他のとは桁違いだ──覚悟しとけよ、喰らい尽くしてやる」

「──っ」

王様にこんなふうに言われて揺るがない女が世の中にいるだろうか。ドキドキなんて表現は可愛いものだった、体中が心臓になったみたいだ。

「廉にならいいよ……いいよ」

緊張に喘(あえ)ぎながら、なんとか絞り出す。これに満足そうに口角を引き上げた廉は、再び私を抱きかかえ、リビングへと入っていく。

「見れば見るほど美しいな、おまえは」

「よく言う。廉の周りにはゴロゴロゴロゴロいるレベルでしょ」

「こんな女がゴロゴロいてたまるか。着替えて出てきた時、どこの国の姫様かと思ったぞ」

「言いすぎ。でもどうせなら王女より王妃がいいな。王様(廉)の隣に並んでも遜色ないくらいの」

「平民(こけし)上がりの王妃？　俺の大好物だ」

「……馬鹿」

幅も奥行きも十分なリビングのソファに、廉は私を膝に乗せ、同じほうを向いて腰掛ける。

私が首を捻って後ろを振り返ると、早速キスが待ち受けていた。愛を交わす間も、廉の手はことを急ぐ。

ベアトップのドレスに肩紐はない。そのため、紐が出ないよう着替える際にブラは外してあった。

胸の谷間に挿し込まれた指をぐいと下に引かれただけで、バストの輪郭が露わになってしまう。

収まっていた乳房がふるんと零れた。

「あ。や……」

凹凸が出ないよう頑なに守ってきたものを……初めて、さらけ出した。

女の裸など見慣れているだろう。私のカラダは王様のお眼鏡にかなうだろうか。

廉は、背後から私の肩に顎(あご)を預け、剥(む)き出しになった膨らみをしげしげと見つめている。視線を縫い付けたまま、口元は悪戯に綻ぶのだった。

「ああ本当、えろいことたくさんできそうなカラダ」

なんでも包み込めそうな男らしい手が肌に埋まり、大きく円を描きながらゆっくりと乳房を揉みしだく。

そうして暫く柔肌を堪能すると、今度は指が動き出す。胸の蕾は二つとも、骨太い指に挟まれてあっけなく赤く染まった。両方を一緒にきゅっと摘み上げ、そこに芯が通っていくのを愉しんでいるかのようにも見える。

自分のカラダがどう変えられてしまうのか、直視できない。それでもフロアに薄っすら映し出された女のシルエットには、膨らんだ胸の頂にきっちりと、その蕾の存在があった。

私の胸で遊ぶ廉がどうやら私の視線の先に気づいたらしい。何を思ったのか、乳房に指を埋めて強く搾り上げる。すると影の中の二粒の実もより堂々と勃ち上がる。

――なんて、いやらしい。

五感が次々と廉の淫らな策略に堕ちていく。

そうして私からくぐもった声が断続的に漏れる頃になると、廉の手は別の遊びを始めた。

腰に溜まったドレスを脱がされ、跨った廉の膝が私の両脚を割り開く。その流れで、ショーツの中にまで廉の手が一気に侵入してきたのだ。

「ふ。あ――！」

無骨な指が、開かれた秘所の真ん中に触れる。ぬるっとした感触を覚えた。熱に浮かされたそこには、もうとろとろの蜜が戯れていたようだ。

「れーん？　いつからこんなぐずぐずにしてた？」

「わ、かんなっ……ぁあ！」

「こっちもぐちゃぐちゃにしてやろうな」

——恥ずかしい。

胸に閉じ込めておきたい感情までをもこの男は剥き出しにさせる。溢れ出た蜜を表面でかき混ぜ、音を響かせて、それをあえて私に聞かせるのだ。

「あっ。音……くちゅくちゅしないでっ」

「無理だろ。恥ずかしいくらい濡れてんだから」

「ぁ……うそ。なんでっ」

——たまらない。

廉に触れられるといつもこうだ。言葉でいたぶり、触れたところから羞恥を追い立てられる。かろうじて保たれていた理性がことごとく、強引に捻り潰されていく。

だけど悪い心地はしなかった。普段我慢だらけの私を力ずくで解放していく、その強さが心地いい。廉のすることなすこと全てに、芯まで疼いた。

「なんでだろうな。俺もおまえ相手だとやたら興奮する。たまんね」

こんなふうに愛を謳いながらも、わざとらしく蜜口に指先を引っ掛けて私を試している。指が挿入るか、その時はいつなのか……ととことん弄ぶ。本当に意地悪である。

「奥まで一気に二本、呑み込んだな」

声にならない悲鳴を上げて、背中を廉の広い胸に押し付ける。

広げた脚の間には廉がいて、自らの望みで股を閉じることは許されていない。思っていた以上に大胆に開かれていた蜜の源。そこを弄(もてあそ)んでいただけの指が、ふいに奥まで挿し込まれていた。

絶妙な抑揚をつけて入り口と奥を律動する違和感は、蜜を絡めてあっという間にソコに馴染む。

「れーん。なかこんなぐちょぐちょになってんぞ」

——だめ。廉の指がなかにあるってだけでもうだめなのに。

王様の愛撫は想像した以上に容赦なかった。

この男の手つきはどこまでもいやらしい。手首を巧みに回転させ、二本の太い指を交互に内壁へ擦(こす)り付けるのだ。

それが時折なかを押し広げたりなんかすると、はしたない蜜音が飛び散って仕方ない。

それもうくちゅくちゅなんて可愛らしい音色ではない。彼の言うようにぐちゃぐちゃと、かき混ぜられ蕩(とろ)けきった音だ。

「……ここか」

「あっあっ！　そこ、やぁ。力抜けちゃう」

「わかったわかった。イイんだな」

指の第一関節を曲げ、おへそ側のたまらないところを執拗(しつよう)に擦(こす)り上げられて、否応なしに腰が仰け反った。

「ぅ、ん。レ……ン。廉んっ」

「そんな可愛く腰振って見せて、俺をどうしたいんだよおまえは」

「だっ……てっきもち、の。廉に攻められるの、たまんない……すき」

どこでタガが外れたのか、普段では到底口走ることのない本音が溢れる。

「〜〜〜ったく。俺好みにえろ可愛くなりやがって」

廉はというと、振り切れそうな理性をぐっと抑えているような、そんな声で吐き捨てた。

互いが相手を昂らせ合い、吐息を交わすほどにそれが掛け算されて増えていく。ブレーキなんてそう踏ませてくれない。アクセル全開で色欲をぶつけ合い、欲情を満たす。

きっと、私達のセックスは、そんな感じなのだろう。

その割に、王様は堂々とソファに腰掛け、平民出の王妃だけが必死に快楽と闘っているとは、どうもいただけない。

――これが身分の差？

「恋、顔見せろ。見ながら攻めたい」

「いま、だめっ」

「いつならいいんだよ」

呆れた声を出されようが、意地でも振り返らない。

後ろからぬっと首を伸ばして覗き込まれそうになり、私はそちらに頬を差し出した。

――だって、こんな顔見せられない。

そもそも今自分がどんな顔をしているかすら見当がつかない。けれど、表情が取り繕えない状態であることは明白だし、あまつさえ欲しくてたまらないという卑しい顔をしているのだと思うと、無闇に振り向くことはできなかった。

「強情。なら見せたくするまでだ」

「ひぁ――!?」

途端に、腰に掛かった手にずるっと下半身を持ち上げられてぎょっとする。ソファに優雅に腰掛ける王様の膝の上で、あろうことか強制的に、その顔前にお尻を突き出す格好にさせられたのだ。

シンプルに言えば、シックスナインの体勢で、私だけが恥ずかしいところをどうぞ見てくださいとしている状態だ。

抵抗するすべはない。座面に手をつき、カクカクと震える両腕で自分の身体を支えるので精一杯だった。

「いい眺め。顔以外が全部見える」

大袈裟な表現ではない。廉の位置からは一望できるのだろう。

目の前にははっきりと、はしたなく潤んだ蜜の源が。その奥でふるんと揺れている二粒の果実も。

廉に反応する、私の全てが。

「や、や。こんなの恥ずかしいっ」

「とろとろでウマそう。俺が触れると甘ったれになる恋は本当に可愛いな」

――目眩がする。

目も当てられないほどいやらしいことを、この男はあっさりやってのける。

「んぁ……あんっ」

頭が真っ白になっている間に、花唇が押し広げられて、廉の舌が挿入ってくる。

この体勢で身をよじったとして、廉に格好の眺めを与えるだけだ。そうはわかっていても湧き上がるような快感には抗えず、よがらずにはいられない。

ああ、濡れそぼった舌が蜜を絡め取りつつなかの壁を舐め回している。

指とは異なり硬くも鋭くもない。生ぬるいざらざらとした感触が頻繁に出入りして、入り口の縁に引っ掛かる。その度に何度膝が緩んでしまったかわからない。

「っ、ぁ、あ！」

唐突な刺激で身が強ばり、瞬発的に金切り声が喉を通過する。

「……健気だな。まるみえ」

蜜口を熱い舌で舐めていた廉が、その動きはそのままに、剥き出しにした未熟な果実を濡れた指先で嬲り始めたのだ。

「ひっぁ！　そこ一緒はだめっ……だ、ぁ。ぁんンン」

「大好きだろこれ。俺の指に押し付けてねだっといて、よく言う」

「そんな、してな……あ。んくっぁあっ」

それが小さくもしっかりと芯を持ったことを確認すると、今度は指の腹を使って器用に扱き出す。

思わせぶりにぴんと弾いたり、時には軽く抓ってみたり……その度にびくびくと反応してしまう自分が恥ずかしくて、だけど気持ち良くてたまらず、どうにかなってしまいそう。

——どうしてこんなに巧いの。こんなの、すぐ……っ。

「恋。溢れさせすぎ。零れるぞ」

「だったらそんなにしないで、おねが……んっふ」

「ほらイけよ。見ててやる」

——見てるって、どこを？　やだ……イきたくない。

こんなことなら顔を晒すほうがよほどいい。そう気づかされた時は既に遅かった。

「ぁ……うそ、ぁあっんンン～～～！」

必死で堪えていたのをとうに見透かされていたようだ。

果てる直前にじゅると音を立てて淫華を吸い上げられ、言葉ではとても言い表せない快感が背中を駆け抜けた。

「あっ……あっ。あ……」

視点が定まらない。濃厚な余韻に呼吸が落ち着かない。感極まって涙腺が緩む。

——こんな顔、もっと見せられない。

そう思っても、私の意地などちっぽけなものだったと思い知らされることになるのだろう。

「——れーん。もう何度目？　なか痙攣しっぱなし。奥までひくついてんな」

もはや口からは啼き声しか出ない私に、廉がからかうように言う。

「ぁンっ。広げて見な……でっ」

やっとのことで言葉を捻り出しても、抵抗の意を表するまでの余裕などない。

いちいち反応してしまう素直な口。ただひたすら貪られる行為が続いた。

そうして何度果てた時だったろう。舌と指で存分にカラダを開かれ、既に指先を動かすことすらままならない。なのに自分のキャパシティを遥かに超えた、甘い欲望だけが膨れ上がっていく。いわばトランス状態だ。

「もっむり……廉……っ、お願い……」

まるで生まれたての小鹿である。震える脚をふんばって、ようやっと体の向きを変えた。

久しぶりに顔を突き合わせた廉は相変わらずだった。昂然とソファを占領する様には王の威厳すら感じられる。

来た時と同じ格好で、少しも乱れることなく、口元と指だけが濡れていた。

——たまらない。

「……見、て……レッン」

どうにかこうにか顔を差し出した私を、廉は愛おしげに見つめ返した。

「ああ、思ってた以上にえろいな。とろんとした顔しやがって。しかもまだイってるのか」

私に散々無理を強いてきたとは思えない、柔らかな口調だった。

それはまるで慈しむように、私の頬にいくつもの短いキスをちりばめる。

「……う、ん。廉が意地悪するから、私どんどんえっちになってく。どうしようっ」

「いいぞ。もっとえろくなって。どのみちおまえのこんな姿を見れんのはこの先俺だけだ」

誇らしげに目を細める不遜なまでの態度に、苛立ちを覚えることすら馬鹿馬鹿しくなる。

——ああ敵わない。

恋も愛も、欲情も——私の中で渦巻く感情が体内に収まり切らず、ほろほろと涙が零れた。

「もう焦らさないで。廉をください」

きっとすがるような目つきをしているはずの私に、廉が一瞬眉をひそめる。

「恋～～～。おまえは……」

なんて呆れたように言っても、結局は唇に慰めのキスをくれる。なんだかんだ言っても、廉は甘い。

「よがってる恋を見続けていたい思いと、ガンガン突き上げてめちゃくちゃにしてやりたくなる衝動とで、ぐちゃぐちゃになる。こっちは優しくしてやろうと思ってんのに……おまえは狡い」

——優しく？　どの口が言ってるの？

などというまともなツッコミはできない雰囲気である。いよいよ私をソファへ組み敷いた王様が、スーツを脱ぎ始めたのだ。

背広もベストも、結び目を解くことなく無造作に緩めたネクタイすら、ソファ裏に投げ込まれていく。

ワイシャツのボタンが外されるごとに現れるいやらしい肉体美を前に、恍惚として息を呑んだ。

「……待って。待って、もうちょっとだけっ」

膨らんだ大胸筋に待ったの手をつく。すると、どくどくと脈打つ鼓動が、ほんのり汗ばんだ感触が……肌に伝わった。

腹立たしいくらい平然として見えたが、実は廉もそこそこ興奮していたのではないか。ほのかな予感が胸を圧迫していた。

「散々煽っといて馬鹿言ってんじゃねーぞ。こっちはとっくに理性振り切れてんだよ」

言い返す時間すら惜しいといった様子で、廉はベルトのバックルを外した……まではきちんと記憶しているが、思考はまだ覚束ない。緊張のあまり現状を直視できない。

その間に、廉の準備は整ってしまった。

入り口に廉の先が触れ、ぶるると身体が縮こまる。少し挿し込まれただけで軽く果ててしまえた。

——目の前が、ちかちかする……

「〝たまんない〟って顔して——とっくにわかってたろ、相性が抜群だってこと」

顎を引き上げて、廉は高々と言い放つ。

待って、と言っておきながら、自ずとソコが硬い昂りを呑み込んでいくのがわかる。少しずつ廉の形に広がっていく。感じたことのない高揚感に囚われる。

耳たぶにそっとキスを落とし、廉はふっと囁いた。

「……飛ぶなよ？」

「～～～っ！」

奥までずんと一気に貫かれる。その瞬間は声が出なかった。先程まで私を弄んでいた指や舌は言うまでもない。今までの経験すら比にならない、廉の熱い楔は何もかもが規格外だった。

「……思ってた以上にやばいな、恋のなか。最高」

安堵感すら見受けられる満足そうな表情を眺めながら、私は気が遠くなるほどの恍惚感に浸っていた。

きつい。息の根が止まるようだ。それでいてこの、とてつもない充足感はなんだろうか。

「れーん。挿れただけでイったな。持ってかれそうだ」

互いに欲しいものはすぐそこにあるのに、わざと焦らして喉をカラカラにさせる。その果てに満たされた感覚はなんとも得難いもので。

ぼんやりと〝ベターハーフ〟のことを思い出す。

『〝魂の片割れ〟とか〝二人で一つ〟とも言われる、心も身体もぴったり重なる最高のパートナー……求め出したら止まらない』

廉と私は単にカラダの相性が良すぎるのだと思っていたが、少し違ったようだ。

そう思い込んでしまうほどに、どうしようもなく心が求め合っていた。

「ああ凄いなこれは。押し出される程きついのに奥は甘えるように吸い付いてくる」

かつてない忘我の境で眉を歪めるばかりの私に対し、廉は例えるなら新しく夢中になれることが見つかった、というようなそんな表情をしていた。

「あっぁん……あ。ぁん……！」

――きもちい。どうしたってきもちいい。

浅く、浅く……深く。絶妙な抑揚に、くらくらするほどの律動。私が果てそうになると、ふい、と間を外し、かと思えば烈々と追い立てる。

体格通りのタフな力攻め、落とし掛ける巧みな言葉責め、何より飢えにも似た私への渇望――どれをとっても女を屈服させることに長けていた。

どこを擦られても全身が震えるほど感じる、どこを突き上げても絞られてたまらない――私も廉も、どこまでも互いに夢中になった。

「あ……だ、め……え。まだイってる、のっ」

「無理。俺がもう止めらんねー」

私が幾度果てようが、やはり廉は歯牙にもかけない。奥まで電撃的に突き上げては、最奥で子宮口を執拗に打ち叩く。刻まれるほど廉の形を覚え込まされていく。

度重なる絶頂に輪をかけて甘い刺激が押し寄せて、もはや腰が砕けそうだ。

「レ、ぁ……ン。ちゅって、して」

「口？　それとも最奥まで突いてってねだってんの？」

「も、奥は当たってるからっ」

「わかったわかった。甘えた」

呼吸をするように唇を重ね、度々抱き締め合い、男女でしか繋がれないところは卑猥な音を立てて結合を深める。どこもかしこも廉でいっぱいだ。

大した経験はないが、これほどに全身で受け止めなければもたない男はそういないと思う。

――あ。また、イく。イっちゃ、う……

「〜〜〜れーん。その締め付けはやばい」

「え。あっあっレ、ン、ん〜〜〜っ」

唇を塞がれたまま最奥を突き上げられ、今宵の極点とも言える絶頂を迎えた。女の余韻を知り尽くした廉は、私を見届けた後で達したようだった。

「……まじかよ、全然足んねー」

私へとまっすぐに滴る、汗の一粒にまで欲情する。

一度が終わるとキスしてじゃれ合い、余韻も冷めやらないうちに再び腰を動かして、互いに欲しい快感を得る。一晩中、わけがわからなくなっても互いを貪り合う。まさに大人の戯れ合いだった。

——これでは本当に、廉なしではいられなくなる。

「……廉すき」

極上の心地良さで、初めて想いが口をついて出る。言葉にしたら、すぐに恋になった。

「俺は愛してる」

廉がこう囁くから、恋はまるっと愛に包まれた。


「——んー……」

瞼の外が明るい。廉と縺れ合った翌朝、目覚めた場所はベッドの上だった。廉がリビングのソファから運んでくれたのだろう。

——悠……は、今日会うことになってるんだっけ。

昨夜意識を失うように眠りにつく前に、悠とメールでやりとりをしていたことを思い出す。

取り急ぎ腰が痛い。腿（もも）の筋肉は今もなおつっている、起き上がれないほどに。廉が貫いたところに関してはぽっかり穴が空いたようで、今となっては挿入（はい）っていないほうが違和感があるほど。

やっとのことで上半身を起こす。廉は既に起きていて、すぐ隣で枕を背もたれに本を読んでいた。

「起きたか」

「うん。ね。お水飲みたい、取って」

一晩中誰かさんに喘（あえ）がされたお陰で喉がカラカラだったのだ。廉側のサイドテーブルに載っていたミネラルウォーターのペットボトルを視線で示す。

廉はそれを手に取り、ご親切にもキャップまで開けてくれた。ところが、こともなげにそのまま口をつけてしまう。呆気に取られていたのも束の間、悪戯な顔が近づいた。

「レ、ン!? ん。ん――」

廉の唇を伝って、常温の水が喉を潤していく。コクンと私の喉が鳴った途端、それはキスに変わった。

「おはよ恋」

「……おは、よ」

実はこういう、胸のど真ん中をつく甘い仕草が一番クる。カラダに受ける快感以上に、女として求められる快楽を知ってしまった。

――廉を知る前の私には、もう戻れない。

「シャワー一緒入るか」

「それって本当にシャワーだけ？」

「どうかな」

——昨夜あれだけしておいてそんな体力がどこに。

「も、もう皆さん来ちゃうから」

「残念。日曜」

「脚ガクガクで立てないっ」

「ほら、抱きかかえて連れてってやる」

「こ、腰が痛いのもう振れないの！」

布団を深く被りNOを示して見せたのだが、易々と布団ごと抱き締められてしまう。

「恋が欲しい」

「その言い方……狡いっ」

仕事をバリバリこなす体育会系男はタフすぎた。困ったことに、オフでも体力が有り余っているらしい。確かに「めちゃくちゃにして」とは言ったけれど。

——本当にめちゃくちゃだ。

「——悠んとこ行くんだろ。早くしろ」

「廉も行くの？」

「ちょうど日曜だから。それに市井社長にも挨拶しておきたい」

――とりあえず……、うん。やっぱりシャワーは一人で浴びるべきでした……

その数時間後、父がよく利用しているホテルのロビーに赴くと、悠は既にそこにいた。私を見つけるなり駆け寄ってくるので、胸に埋まった頭をぎゅっと抱え込む。

「っ――悠！　大丈夫？」

「メールでも言ったろ、俺は大丈夫。ホテルに帰ってからずっと父さんと部屋でゲームしてたんだ。初めてだよ！　楽しかった！」

思っていたより心の傷は深くなさそうだが、目元の腫れや充血が痛々しい。

それでも十歳の精一杯であろう虚勢を、今は静かに見守りたいと思えた。

「昨日のは……大丈夫、なんとなくわかってた。姉ちゃんは受け取ってくれないんじゃねーかって」

「っ、そっか」

「なのに俺バカだから。もしかしたら喜んでくれるかもしんねーじゃんとか思っちゃって！」

――知ってるよ。微々たるお小遣いを、そのために何ヶ月も貯めてたこと。

「あれ？　恋の耳のそれ」

「うん。私じゃこんなに可愛らしいピアス似合わないかもだけど。悠の気持ち、私が受け取ったよ」

プールから掬い上げた樹奈へのプレゼントをつついて見せると、悠は目に涙を溜めながら「似合ってるよ」と嬉しそうに笑った。

「あの母娘がいる環境でよくこんな純真な子が育ったな」

「当然。悠は私が育てたんだもん」

「なるほど」

廉がひょっこり顔を出し、悠に追い付いた父も顔を揃える。当然初対面だろうと、すぐ隣の廉を掌で示した。

「お父様。こちら、今私がお世話になっている……上司です？」

「なぜ疑問形？」

と問われましても、それ以外に廉をなんと紹介していいかわからない。

廉の姿をまじまじと見た父が不思議そうに首を傾げる。

「君、は……もしかして……」

「……豹牙廉といいます」

「そ、そうか。樹奈の」

思い出したというには随分と白々しい返しをする父に、落ち着き払った様子の廉が挨拶を続ける。

「彼女には今年から俺のセクレタリーとして助けていただいています。この状況では彼女もご実家に戻らない方がいい。暫く俺が預かっても？」

「恋がそれで納得しているなら、助かるが。そうか、君と恋が……」

感慨深そうにしている父に、廉は「それと」と慎重な口調で付け足した。

「プライベートではお付き合いをさせていただいています。いずれ正式に恋さんを貰(もら)いに行きますので」

父がぽかんと口を開ける。

私ももちろん驚いていた。恋人という束縛関係には無縁な男だと聞かされていたのに。

そのまま、「あとは家族水入らずで」とばかりに席を外した廉。背中を追いかけようとしたのだが、いつにない父の重い呼び声に肩が強ばった。

「あれには気をつけなさい、何かを企んでいるようだ。あれのせいで家に馴染めていないことは懸念していたが、まさかここまでとは……恋と悠にはすまないことをした」

――お義母(かあ)様のこと。

「玲と俺は同罪だが、君ら子供達に罪はないんだ。これからは私もできるだけ力になろう。それと今の彼……」

「廉がどうか？」

「彼はいわば諸刃の剣――恋が幸せになれないと判断したら、すぐに手を引きなさい」

「それは、どういう……」

悠が心配そうにこちらを見ていたため、続きを聞くことはできなかった。いずれにしろ父がそれ以上を語ることはなかったろう。

「ところで、彼は『恋を預かる』と言っていたが、一体どこに？」

「今回の仕事現場がホテルなんです。だからその、一室を借りてくれるみたいで」

——と、いうことにしておこう。

恐らく廉は私をスイートに住まわせるつもりでいる。一度の情事でいきなり同棲はどうかと思うけれど、今の私には行くあてがない。

父と悠とホテル暮らしをする選択肢もあったが、この機会に父子水入らずの時間を設けてあげたいと思った。社長という立場ゆえ、昔から家のことを義母に任せきりだった父が、ようやく息子に目を向けたのだ。温かく見守りたい。

「恋は？　恋は一緒に住まないの？　恋と離れるの俺やだよっ」

——悠……。ずっと一緒にいたもんね。二人で耐えてきたもんね。私だって悠と離れがたい。うるっときそうになったけれど、ぐっと堪(こら)えて悠の目線の高さまで屈む。

「ねぇ悠。悠はもう高学年でしょう？　いつまでもママと一緒は恥ずかしいんだよ？」

「で、でも！」

「悠聞いて。悠はこれから、たくさんの人に出会って色んな人とお付き合いをして、広い広い世界を知っていくの。まずはお父様との距離を縮めることから始めよ？」

「お父様といれるのは嬉しい！　でも恋もいてほしいよっ」

こう言い張る悠をなんとか言い含める。すると今度は、憂わしげな表情で私を見上げた。

「さっきの人は？　あのお兄さんは恋が頼れる人？」

廉が去ったほうを目で示され、思わず確信に満ちた笑みが零れる。

「……そうね。とっても強い人よ」

笑顔のまま何度も頷いてみせると、悠にもやっと笑顔が戻ったのだった。

そうして、悠と父に「また遊びに来るね」と告げてホテルを後にした。

春がすぐそこまで来ている。微かに青草の匂いを含んだ風が心地いい。

私が追ってくることがわかっていたのか、廉の歩幅は狭く、小走りしたらすぐに追いついた。

「──ねぇ廉。さっきのって……」

「いい父親だな」

「あーうん。身寄りのない愛人の娘の私にまで良くしてくれたの。不倫してる時点で良い男ではないんだけど」

確かに、と言いながらわずかに口角が上がって見えた横顔。それも長くは持たず、ふっと消える。

「～～～俺のクソ親父とは大違いだ」

広げた新聞紙を力一杯丸めてゴミ箱へ放り投げるような、そんな言い方だった。

「俺の境遇もおまえとさほど変わらない。正妻の子ではあるが、親父は愛人のほうを家に入れた。俺の母は家を出され、待望の男児──俺だけが家に残された」

「お母様とは……離れ離れに？」

「五歳の時だ」

五歳……物心がつく頃。その頃の悠が甘えん坊で一番可愛い時だったので、よく覚えている。

──そんな歳でママと引き離されたの？

重々しい沈黙が流れる。廉は、母親との両手で収まるほどの思い出を回想していたに違いなかった。それを思い、あえて一拍置いてから私は尋ねる。

「……今、お母様は？」

「俺が中学に上がった時に。看取ることもできなかった。亡くなって何もかもが終わった後にクソ親父から聞いた——地位や名誉がなんだ。親父のようにだけはなりたくない」

父を語る一言一言が棘を纏っていた。廉は母親を虐げた父親をとても恨んでいる。彼を反面教師として生きてきたのだ。

「それで、廉はその腕一本で頑張ってきたんだね！」

少しでもその心が軽くなればと、悪戯っ子のような目つきを心掛けて笑う。

「悠が純真な子に育ったわけだな。家柄に頼ることなく自らの足で立とうとする——その恋のひたむきな強さがまた、俺は気に入ってる」

目の前からやってきた手がくしゃっと私の前髪を撫でる。この時、廉の表情がどんな色を纏っていたのか——視界を大きな掌に覆われていた私には、知る由もない。


週明け。通常通り朝食をとりながら朝のミーティングが行われる。

平常運転なのは廉のみ。チームメンバーは揃って眉をひそめ、深刻な顔をしている。不測の事態でも起こったのだろうか。

「今日の議題は恋ちゃんの通常時のフォルムについてよ。こけしか美女か、究極の選択になるわね」

「今やホテル側の人間にはこけしで通ってますからね」

「先生それな。俺らとしては素でいてもらいたいけど、急に変わるのもなー」

何ごとかと息を呑んで構えていると、私のビフォーアフターについてだった。

「あの。私そんなに違いますか？」

「「天と地ほど」」

——即答。

それだけこけしフル装備は完璧だったと自画自賛したいところだが、逆に自分で作り上げた姿がそこまで酷いものだったのかと思い知らされて、素直に喜べない。

そもそも、廉に言われてメンバー全員の前で初めて素を晒したが、どうも落ち着かないのだ。確かに義母や樹奈に素を明かした今、私がこけしでいる必要はなくなったのだけど。

ソワソワと落ち着かない私に向け、廉が口を尖らせる。

「恋。胸のボタンはち切れてんぞ」

「え？　……ほんとだ。糸がほつれかけてたのかな」

「こけしサイズのブラウスで収まるわけがねーだろその胸が。ちっとは自覚しろ」

「あ。そっか。コルセットなくても腰回りはゆとりがあったから気づかなかった」

「あれをどんだけ潰したらそれに収まるんだよ」

——恥ずかしい。

ボタンが外れた箇所をちまっと摘む。頬が熱を持つのを感じた。

そんなやり取りを、拓真さんが冷ややかに見ていたのは言うまでもない。

「あのさー。その、俺達（やっと）セックスしました感前面に出すのやめてよ。やりづらいんだけど」

「いいじゃないの拓真。（やっと）お互い自覚してくれたんだから」

「やっと貫通しましたかー」

「先生アウトー」

——もっと恥ずかしい。

たわいない会話によって、廉としたことが露見してしまった。「だからなんなんだ」と全く隠す気がない廉の図太い神経を疑う。

「恋ちゃん、体大丈夫？」

「？　はい」

「辛かったら横になっててもいいからね？」

凛さんの優しさに、拓真さんと緒方先生までが頷き出す。ここは訂正しておいたほうが良さそうだと思った。

「大丈夫です。初めてでは、なかったので」

「「「ええ!?」」」

覚悟していた反応ではあった。〝こけし＝処女〟のテンプレを裏切ったことへの罪悪感すら生まれる。

そこで、「ちょっと待てよ？」と拓真さんが悩ましげに頬杖をついた。

「ってことは廉の前にも、こけしを脱いだ朝比奈さんを見てる男がいるってこと？」

「そう……なりますね。随分昔のことですけど」

「まじか。最初に揉みしだいた強者がいたのか。朝比奈さんの溢れんばかりのおっぱ――ぶ！」

「オッパブぅ!?」

「凛ちげぇっ。俺は行ってねぇ潔白だ！　そーでなくて……ちょ、何すんだよ廉!?」

廉が投げつけたであろうポークウィンナーが拓真さんの眉間で跳ね返り、私の足元に転がってくる。しかし説明するのも面倒といった感じで、廉は無言でリビングから出ていった。

「嫉妬丸出しね～。恋人なんてちゃんとしたポジション、廉にしたら初めてだから。行き場のない感情を持て余しちゃってる感じ？」

凛さんは心なしか嬉しそうに語るが、廉はあの夜、私が処女でないことはわかったはずだ。そもそも、それを言うなら廉こそ経験積みまくりだろうに。

「良かった。間違っても私達みたいな関係にならなくて」

そう続いた意味深な発言に、ふいに瞬きが増える。拓真さんにおいては口に入れた茹で卵を丸ごと飲み込むという慌てぶりだ。

「あー大きい声じゃ言えないんだけどさ。俺と凛セフレなんだ！」

と言いながら大きな声で暴露する人に私は初めて出会った。

ソファに座る時は常に隣同士なのだ、仲が良いとは思っていた。今更驚きはしないけれど、考えてみてほしい。凛さんも拓真さんも私なんかにまで親身になってくれる。そんな情に厚い二人の間に、カラダだけと割り切るセフレ関係が成立するだろうか。

「私ね～自分で言うのもなんだけど、ちょっと良いとこのお嬢様なのよ。幼少の頃から婚約者が決まってたの。だから恋人は作らない。どうせ一択なんだし」

「凛。そのことだけどさ」

「後でね、拓真。だからね恋ちゃん。ダブルれんみたいな〝ベターハーフ〟に私は凄く憧れてるの。お互いがお互いでしか満たせない関係……二人は幸せになってね？」

「凛さん……」

——そんな事情があって私をプッシュしてくれてたの。

すっかり感傷的になってしまった私をよそに、二人はケロッとした顔でビジネストークへ戻っていく。

「ねぇ恋ちゃん、ここのエステ通ってるのよね？　そのエステで美貌を手に入れたことにしたらどう？　口裏合わせは必要になるけど」

「それで廉とウェディングパンフ？」

「拓真冴えてる～。エステもウェディング事業も、二人にはまとめて広告塔になってもらいましょ」

「いいですね。これ程の美男美女でしたら間違いなく映えます」

こうして私の気持ちがどうにも割り切れずにいる間にも、手始めにショッピングモール案を成功させることが第一の目標となったのである。

そうこうして廉を除くメンバーが一つに纏まりかけた、そんな時。スイートルームのチャイムが鳴った。

「——せ、んせ……？」

私が玄関扉を開くと、そこには思いもよらぬ人が立っていた。

「……もしかして、恋——？」

男にしては綺麗な顔立ちのその人に、私は一目で気づいたが、私が声を出したことで、相手のほうも私を認識した様子だった。

既に私の知っている姿ではない。昔と違ってバリッとスーツを着こなしているだけでなく、銀縁眼鏡が元々の視線の冷たさをより一層引き立てている。

——こんな偶然って、ある？

「どうして恋が出てくるのです。ここは豹牙ＣＥＯの部屋でしょう」

「勤め先なんです。今は豹牙のセクレタリーをしています。先生こそどうして？」

「そうですか、無事に語学留学を終えて国際秘書資格を取得しましたか。私は今ここで」

すっと出された名刺に目をやる。それは、大手のホテル——「ホテル・プリンセス」の事業者であることを示していた。

市井オートが自動車部門ならば、同じく結城グループに属するホテル・プリンセスはホテル業を含むサービス業部門といったところ。

「弊社は京極リゾートにＭ＆Ａの実施を打診させていただきました」

M&Aとは、会社同士の合併や買収を意味する。本件に関しては買収のほうだろう。

「これだけ業績が落ち込めば短期的にV字回復を遂げるのは難しい。そこで我が社とのM&Aを実施し、資本を助けノウハウを得ることで経営の立て直しと安定した経営を――」

「待って、ください。本案件は豹牙のチームが請け負ったはずです。どうして」

「もちろん。ですから京極リゾートに選んでいただきたいと思いまして。本日は豹牙CEOにご挨拶をと」

――この理不尽な感じは、お義母様（かあさま）が関わっているに決まってる。

結城グループの権力を使い、フリーランスで闘っている廉に圧力をかけてきたのだ。そしてご丁寧にもその担当として……私の初めての男を寄越した。

義母が何故私の色事まで把握しているのか。情報源は樹奈だろう。だとしても、私に向けたはずの矛先が廉にまで及んでしまったことに動揺を隠せない。

――どうにかしなきゃ。でもできるの？　私に。

私の初めての話に機嫌を悪くしたらしい廉は姿を消してしまった。とにかく時間を稼ぎたい。私が応対に出たことが唯一の救いだったと思う他なさそうだ。

「申し訳ございません、先生。只今豹牙は席を外しておりまして後日改めて――」

「先生なんて他人行儀な。昔は名前を呼んでくれてたじゃないですか――〝綾人（あやと）〟と」

君嶋（きみじま）綾人――私の大学時代の家庭教師である。歳は二つ上。ホテル・プリンセスの次期後継者候補、つまりは御曹司。

私に家庭教師をつけるにあたって、結城グループ繋がりで、父が留学経験のある優秀な人材を探してくれた。海外の超難関大学に語学留学できたのは先生のお陰と言っても過言ではない。

そして彼は私の家庭環境をよく知っていた。学校では「愛人の娘」と白眼視され、家では義母の舌打ちと妹の姉いびりに遭い——あの頃は悠も小さかったため、私の心に寄り添ってくれた人は先生だけだった。

今思えば、恋と呼べるほど純粋なものではなかったと思う。それでも人としての私を求められたことで心が救われた。そして。

——すがるように、綾人に抱かれた。

「なるほど。その格好で出てきたということは——俺以外を知ったの？　恋」

「——っ」

私はつい最近まで彼しか男を知らなかった。未練があったわけではない。単にその機会がなかっただけ。なのにいざ直面すると、初めての時の記憶が鮮明に蘇る。

妬けますね、と呟いた綾人の手が私の頬を撫でる。キスをする前のお決まりだった。皮肉にも身体は覚えていて、無意識に顎(あご)が上がってしまう。

「驚くほど綺麗になりましたね。元から美しい娘でしたが」

「よく言う……」

相変わらず歯の浮くような台詞がよく似合う。それでいて飄々(ひょうひょう)としていて掴めない。

「今なら聞いてくれますか？　俺の話」

「もう過ぎたことです。気にしないで」

最後に顔を合わせたのが四年前ともなれば昔を懐かしんでもおかしくないのだが、私達には、手放しに「久しぶり」と言い合えない事情がある。

当時先生は大学四年生、私は二年生。付き合い自体は普通のカップルとなんら変わりなかったと思う。しかしながら、何においても常に私より優位に立ちたがる樹奈が、歳上で容姿も経歴もばっちりの彼氏ができた私を、見逃してくれるはずはなかった。

それに至った経緯は不明だが、一言で言うと樹奈に寝取られたのだ。樹奈は、あらかじめ最中であろう時間に私を自室へ呼びつけておき、扉の隙間から行為を見せつけた。

驚きも衝撃も通り越して、吐き気がした。

相手は樹奈。先生はいわば利用されただけの被害者だった可能性は高い。頭でわかってはいても、以降私が綾人を受け入れることはなく、残り半年間は自力で勉強に励むことになる。

「綾人の狙いは何？　お義母様の差し金だってことはわかってるの。なんのメリットもなくわざわざ綾人が動くとは思えない」

「狙いは稀代の風雲児と言われている豹牙廉の失脚——報酬は恋、あなたです」

「失脚……、私？」

すぐには頭の整理がつきそうもない。ぼうっとしている私の頬を綾人の掌が包む。

そして、横からその手首を掴んだのはまた違う手だった。

「——いいぜ上等だ、受けて立ってやる」

奪取と呼ぶに相応しい勢いだった。はっとした時には既にその腕の中にすっぽり抱き込まれていた。

「レ、ン――？」

視点が変わったことで理解した。私の背後の扉は、思わぬ訪問への衝撃で半ドアになっている。綾人に応える形で入ってきた辺り、今来たわけではないようだ。ドアの向こうで腕を組み、タイミングを見計らっていた姿が目に浮かぶよう。

――いつから聞いてたの？　どこまで……

困惑していたのは私だけ。男二人の間に漂う空気は、触れたら火傷しそうなほど緊迫していた。しばし睨み合った後、綾人のほうから口火を切る。

「豹牙廉……ですか。その様子、ただの上司と秘書の関係ではなさそうですね。まさかとは思いましたが〝俺以外〟は君でしたか」

「俺以外？」

「この姿の、その奥まで恋を知っている俺以外です。ねぇ、恋？」

――こんなとこで私に振らないでほしい。

目を泳がせ、廉の鋭い視線をかわすしかない。

ポークウィンナー事件もまだまだ記憶に新しいというのに、なんてタイミングの悪さ。

「……そういうことか。それで？　俺を今の地位から失脚させれば、恋をてめーの嫁に出すとでも言われたか？」

「ご名答」

「ホテルプリンセス副社長の君嶋、だな。M&Aの強要に来たのか？」

「強要とは心外ですね。短期でV字回復が見込めるM&Aは最も効率的かつノーリスク。それを京極リゾートが断るでしょうか」

「ノーリスク？　聞こえはいいが単なる乗っ取りだろ。創業から同族で受け継いできた伝統はどうなる」

「伝統など一銭にもなりませんよ。もはや背に腹はかえられない状況でしょう」

どちらも譲らない口争は綾人の発言でぴたりと止まった。

確かにM&Aは倒産寸前の企業にとっては最善策である。借金を帳消しにした上で、ホテルを残せるのだから。廉もそれをわかっていて言い返せなくなったのだと思っていたら、次の瞬間背後かららえらく強気な声が聞こえた。

「ねーな。今やM&Aは珍しくない。国内外問わず、買収されて生き延びたホテルは山ほどある。だが俺は立て直し専門だ。その俺を選んで依頼してきたのは何故だと思う」

「あ。伝統を、経営権を守りたいから？」

はっとした。思わず声に出ていたようだ。

「そう。大手に買収してもらえば資金にも困らず、効率的に短期的なV字回復を遂げやすい——そんなことは誰だって頭にある。けど京極リゾートは〝伝統を守りつつ経営を立て直してほしい〟、だからこそ俺に依頼した」

一瞬たりとも怯むわけがなかった、この男が。

綾人の話に乗れば、ここはプリンセスグループのホテルに生まれ変わりはするが、京極リゾートという歴史あるブランドばかりか伝統も経営権までも失いかねない。

廉は手始めに重役らを一掃した。あれはまさに経営陣の覚悟を見定めるためだったのだ。M＆Aという楽な方法もあるが、茨の道を進む気があるか、と。

「口説けるもんなら口説いてみたらいい。京極リゾートも恋も。権力で人が動くと思うなよ」

「――、倒し甲斐がありそうですね……恋、この後少し時間はありますか？」

そんな綾人の言葉には当然、渡さないと言うように廉の腕にがっちりホールドされる。今度は何を投げつけられるかわかったものじゃない。私は毅然とした態度で顔を上げる。

「仕事があるの。それに、あの頃の私はもういない。今更綾人との縁談は望まないよ」

これに「手強そうですね」と一つ返し、綾人はひとまずは去っていった。


夕食後、シャワールームから出ると、頃合を見計らったようにスマートフォンが鳴る。私に用意されたゲストルーム、そのベッドの上に放り投げてあったそれを慌てて取ると、相手は廉だった。

綾人が去ってから、廉とはビジネス上の会話しか交わせていなかった。昨夜はあの後すぐに眠ってしまったし、今夜から同棲生活を始める二人とは思えないいすれ違いっぷりである。

「何故電話？　同じ部屋のどこかにいるのに」

『こっちの事情だ。来んなよ？　着替えは？』

「あーうん。パウダールームにあったバスローブ借りちゃった」

『一度実家に荷物取り行くか』

「うん。時間見つけて一人で行ってくるよ」

リビングを通った時、廉の姿はなかった。恐らく主寝室から掛けているのだろう。言いにくいことを話しやすくするために、私のために電話にしてくれたのだと思った。

「ごめんなさい。廉のビジネスまで巻き込んで」

『おまえのことがなくとも、このくらいのことは何度もあった。想定の範囲内』

「君嶋……綾人が来たことも？」

『……』

あの時の会話からある程度は察したろう。ならばと誤解を生む前に綾人とのことをざっと話すことにする。その間、廉は相槌を打つこともなくただ聞いていた。

義母は、無敗の豹牙廉に初黒星をつけたかったに違いない。フリーランスの価値を奪った上で市井オート次期社長の椅子を用意する？　邪魔者の私は初めての男に押し付けるように君嶋へ嫁がせる気なの？

——綾人もそれを……望んでる？　今更？

「ねぇ。廉の顔見て話したい」

『来んな』

「だって今日、全然目合わせてくれないっ」

『おまえのためだ』

「意味わかんない！」

――不安だよ。このままだと全てが壊れちゃいそうで。

電波越しの声を振り切り扉を一枚、また一枚と越えていく。無断で主寝室の扉を開くと、途端に視界がガクンと揺れた。

――何が起こったの。

頭で理解する前に廉の顔が正面にあった。恐らく、扉を開くや否や手首を引かれ、腰からベッドへ打ち付けられた感じだろう。さもマウントをとるかのように廉が上に馬乗りになっていた。

「来んなっつった」

「顔見たいって言った！」

「こけしの癖に男作ってんじゃねーぞ」

「こけしに人権なし？　酷（ひど）い。それに四年も前のことだよ」

「四年前はこけしやってませんでした、か？」

「こけし真っ最中でした」

「はぁ？　おまえから脱いだの？」

「覚えてないよそんなこと！　何をそんなにカリカリしてるの」

淡い間接照明一つに照らされた薄暗い空間。野に放たれた肉食獣の目が爛々（らんらん）と光っている。

「じゃあ聞くけど、廉は何人の女と寝たの？　どうせ数えられる人数でもないんでしょ」

「数えてやれば満足すんのか」

「真面目に答えないでよ、聞きたくないよそんな話。っていうか、やっぱりパッと出てこないくらいいるんじゃない」

「割り切った関係をいちいち数えるかよ」

「そんなにセフレがいたの。女のほうがほっとかないもんね、廉なら。それに比べたら私の一人なんて可愛いものだよ」

「その一人と何度寝た」

――一人当たりの回数の問題⁉

「廉よりは多いよ！」

「一度きりじゃねーのかよ、真面目に答えんな！」

「それさっき私が言った！」

噛みつく度に廉の髪に掴みかかり、廉が攻め立てるほどに私のバスローブの襟が引っ張られる――止まらない。

相性が良いにも程がある。抉りまくる、抉り合う。息つく暇もない勢いで本心を剥き出しにして。

「まさかとは思うけど、そんなことで今日一日ずっと目も合わせてくれなかったの？」

「ああそうだよ。ありのままの恋を俺以外が知ってんのかと思うと、すげー腹立つ」

「わざわざ電話掛けてきたのも？」

「傍にいられたら無理矢理突っ込んでた」

「もしかして朝のポークウィンナー事件から？　八つ当たりだよそれ、謝って」

「ウィンナーに頭下げる馬鹿がどこにいんだ」

「拓真さんにだよ!!」

——馬鹿みたい。まるで子供のやきもちだ。だったら私のほうこそどうなるの。

廉が相当経験を積んでいることは最初からわかっていた。過去はどうしようもないし、そんなことを言い出したってもやもやした気持ちは少しも晴れやしない。

とはいえ私は、廉がどんなふうに女を抱くのか知ってしまった。一度知ったら隅々まで確かめたくなる。まだ私しか知らないところは残っているのかなって、それってどこって。

——惹かれるほど、考えないようにしてたのに。

「今更どうしようもないことで、そんなに怒らないでよ……」

「だから頭来てんだろ。報酬は恋？　君嶋の嫁？　ふざけんなよ。あんな簡単に言いやがって」

「行きたくない。廉の傍にいたい」

「言われなくても」

ベッドが優しい音を立てる。廉の髪を掴みながら、バスローブの襟を握られたまま、今度は唇を重ねて思いの丈をぶつけ合い、抉り合った。

そして仲直りの印にとでも言うように、どちらからともなく額を重ね合わせる。

「廉って案外面倒臭いね」

「俺も初めて知った」

過去には戻れない。経験を抹消することもできない。そのどうしようもなさを、私達はきっと永遠に抱えていく。

だけど今宵、誰も知らない、案外嫉妬深くて独占欲の強いあなたを、私だけが手に入れた。

——私は廉に何をあげられる？

「俺は警告したぞ？」

「うん。——え？」

「来んなっつった。それでも来たからには、俺の劣情にとことん付き合えよ」

廉は今もなお、行き場を失った感情を持て余していたのだ。

揉み合っているうちにガバガバになったバスローブの襟元は、少し引っ張られただけで肩から滑り落ちた。瞬く間にカップなしの白いキャミソールが露わになる。

もうあの家に戻ることはない。そんな気がして、あらかじめ下着類は鞄に詰め込んでおいたのだ。数枚のショーツと、寝る時にだけ着用していたこのキャミソールを。

「……ノーブラ？」

「今までは特注コルセットで全部隠せてたから、ブラ持ってなくて」

ちなみに、ドレスを着る際に凛さんが用意してくれた貴重な一枚は、現在洗濯中である。シャワー後なら当然の軽装備だろう。

「はぁ？　昼間から？　そんな無防備な格好で君嶋に会ってんじゃねーよ」

「仕事中はジャケット羽織ってたし。それ言うなら拓真さんと緒方先生にも会ったよ」

「ああ、それすらイラつくね。おまえ無自覚も大概にしろよ」
「廉だって自覚ないから。服着ててもフェロモンだだ漏れにするのやめてよ。そんなに女を寄せ付けたいの？」

全くキリがない。仲直りしても結局ここに辿り着く。それでもなんだかんだ溺れ合っているのがわかってしまって、どうしようもなくどこかを繋げたがる。

「寄ってくる女なんか知るか。この手に掴んだのはおまえだけだ――俺を欲しがる恋が、欲しい」

どんな女でも大抵望めば手に入るであろう王様が、「欲しい」と言葉にしただけで全身が恍惚に染まった。

――私だって、私を欲しがる廉が見たい。

快感を求める触れ合いではなく、心の隙間を埋め合うための行為とも違う。今宵のセックスは私達の心を丸裸にさせた。

王様の資質

ぴんと張っていたベッドカバーは、高波が打ち寄せたかの如くしわくちゃになっている。

とっくに力尽きた恋の身体に自分のガウンを掛け、廉は一人ブランデーをしっとり呑んでいた。

するとある時、廉のスマートフォンが音を立てる。着信は拓真からだった。

『――聞いたよ。市井令嬢の誕生日会で朝比奈さんと惚気かましてきたって？　市井夫人と令嬢が激怒してたらしいじゃん。市井の上にいる結城に目をつけられたらやばいんじゃね』

「結城、ね。いたな、そんなのも。んなこと警告するためにかけてきたのか。切るぞ」

『あー待った待った、本題はちゃんとあるから！　散々焚き付けておいてなんだけどさ、〝恋人にはなれても結婚は簡単にはできない〟って朝比奈さんに言ってあんのかなーって』

廉が我知らず呼吸を忘れた一瞬を、拓真は気づいただろうか。

『まぁ付き合ったからってすぐ結婚は考えねーよな、普通。でもこうなったからにはもう朝比奈さんは家には帰れなくね？　どうすんのさ』

「俺のスイートに住ませることにした」

『いつまで？　今の案件終わってからも廉が囲う気？　結婚の約束もできないのに？　あの親父さんがそこまでの勝手を許すとは思えないね』

「だとしてもなんも言わせねーよ」

『凄いと思うよ？　あれだけの権力を完全に断ち切って、実力だけでのし上がった廉を尊敬してる。ただ、結婚となると廉の自由にはいかねぇんじゃねぇの。それが生まれ持った定めだよな――〝結城廉〟の』

「切るぞ」

『え？　ごめん立ち入りすぎた、廉愛して――』

――プツ。

スマートフォンを放った手で、妙に色っぽい寝息を立てている恋の頭をひと撫でする。

最初はほんの興味程度だった。気づいたら手が出ていた。手に入れたら余計手離せなくなった——こんなにも揺さぶられる女にめぐり逢えたことは、まさに雨夜の月。

「言ったろ、覚悟はとっくにできてると——」

今宵は明るく澄み渡った朗月（ろうげつ）。廉はグラスの中に閉じ込めた月光ごとブランデーを呑み干し、投げたスマートフォンを再び手に取る。名刺を頼りに、ある人物へと電波を送った。


三十分後、同ホテル、バーラウンジのカウンターにて。駆け出しの頃から愛飲していたブランデー——コルドンブルーを注文する。クラッシュアイスで呑むこれは格別に美味かった。

「——何時だと思っているんですか」

「と思ってんなら、呼び出しに応じんな」

「むちゃくちゃですね、本当に。……俺も彼と同じものを」

重厚感のあるラウンジチェア。どっしりと腰掛けている廉に並んだのは君嶋綾人だった。

思い立ったら後回しにはせず、すぐ行動に移す。そんな、仕事がデキる典型的なタイプの二人だからこそ、深夜の顔合わせを可能にした。

「まさか君のような百戦錬磨のモテ男が恋に目を付けるとは。恋は火遊びには不釣り合いな女です、解放していただきたい——というお願いは、聞き入れてもらえなそうだ。真夜中に恋敵を呼び出すくらいですから」

――百戦錬磨？　てめーもじゃねーの？

甘いマスクは銀縁眼鏡によって引き締まって見え、黒の短髪は清潔感を漂わせている。常に上向きの口角と三日月型に細まった目――温室育ちの柔らかい雰囲気。社会のはみ出し者と言われる野性的な廉とは真逆な男だった。

加えて、君嶋は一流企業の御曹司。属性を並べると絵本から出てきたヒーローそのものだ。廉が王様なら君嶋は王子様といったところか。

飄々として見えるが、常に目の奥が笑っていない。恋のことを差し置いたとしても廉は君嶋のことが気に食わなかった。こういうのを同族嫌悪と言うのだろう。

――こいつもドSか。

「恋の義母になんて唆されておまえが動いた？　大体、副社長が出てくるほどの案件じゃねーだろ。グループ内で最も利益を計上するホテル・プリンセスが、市井の、それも社長夫人の言いなりか」

「随分と結城の内情に詳しいですね」

「……社会構造を知っておくのはビジネスの基本だ」

――喰えねえドS。

「単刀直入に言います。君ほど女に困らない男が、一人の女性と生涯を誓うまでの覚悟がありますか？」

「結婚、か。すぐには無理だろうな」

「では何故恋が自立にこだわるかをご存知で？　家を出て自ら悠を養うためです」

恋の境遇は知っていますね、と前置きした君嶋は、手のぬくもりを伝えるためブランデーグラスを掌で包むように下から持つ。

「市井という窮屈な鉄格子の中で、意地でも自分の足で立とうと涙しながら踏ん張る恋を、私は散々見てきました。いつかそこから連れ出してあげようと心に誓ったものです」

「まるで王子様だな。そこまで想ってて何故別れた？」

「当時は俺も若かった。恋を守るために手離す他ありませんでした」

廉は、君嶋が樹奈に寝取られたことまでは恋に聞いていない。首を傾げたのも不思議ではなかった。

「そんな俺も、この歳になってやっと確固たる立場を手に入れました。恋を守れるだけの権力を。本案件がいい機会かと迎えに来たつもりです。恋が頷けば、悠の面倒も見たいと思ってます」

「馬鹿言ってろ。恋と悠が決めることを一人で勝手に完結してんな。言ったはずだ、ビジネスも恋も渡さないと」

そこでようやく、君嶋はグラスに口を付けた。

ほのかに湿ったその唇はにわかに勝ち誇ったような笑みの形をしていた。

「この業界、立て直しに関して君の右に出る者はいない。とはいえフリーランスに結城グループの相手は、荷が重すぎるでしょう」

「相手は市井では？」

「恋も君も、何か勘違いしているようだ。俺をここへ寄越したのは市井夫人ではなく結城総帥(そうすい)

です」

「……やっぱ、そうきたか」

胃の底から息を吐いた、そんな声が廉から漏れた。

「財閥のトップが、何故フリーの君なんかの仕事を奪いたいのか、理解に苦しみますがね」

総帥の独断か、はたまた恋の義母がお上に協力を求めたのか——知る由もないが、廉には結城という男に目の敵にされる心当たりがあった。それだけに、下手に相槌を打てない。

「そして、豹牙廉と渡り合えると判断された私が担当に指名されました。京極リゾートを受け持つ代わりに何が欲しいかと聞かれたので、俺は市井恋が欲しいと答えました」

「そういうことか」

総帥お墨付きの縁談となれば、結城の傘下に位置する市井に、断る選択肢はないに等しい。

——恋の生い立ちを考えると、見ず知らずの男と政略結婚させられるよりずっとマシだが。

「もちろん、ビジネスは別として、これから恋を口説いていくつもりです。彼女を幸せにできなければ意味がありませんから」

「結婚イコール幸せか？」

「少なくとも恋にとっては。自力で自立しようと懸命な彼女は考えたこともないでしょうけど、市井の籍から抜けない限り、恋はあれらから解放されません」

一理あった。恋と悠を救う方法として結婚はありだ。その後何が起きようと、夫が守ってやればいい。悠のためにわざと矢面に立つ、そんな危地から恋は解放されるのだろう。

君嶋が真剣に考えていることは伝わった。だが「ならば俺が」と同じ土俵に上がれない自分に、廉はもどかしさを覚える。

『恋人にはなれても結婚は簡単にはできない』

電話越しに響いた拓真の一言は、かなりの核心をついていた。廉にもまた、どうにもならない窮屈な境遇があったのだ。

「結婚を考えていないのなら、傷が浅いうちに恋を手離していただけませんか。恋の幸せのために。大抵の恋敵に負ける気はしませんが……君に限ってはさすがに分が悪すぎます」

「お断りだ」

話もそこそこに、バーラウンジは閉店となった。

知りたかったことはひとまず聞き出せた。今回の件の仕掛け人は、廉からフリーの仕事を奪いたい結城グループの総帥（そうすい）。となれば市井夫人もまた、恋に何かを仕掛けてくるのだろう。

廉は結城が、恋は市井が、決して無視することのできない存在だった。

――とりあえず、俺には余り時間がなさそうだ。

廉が部屋へと戻ると、リビングから漂う香ばしい匂いが鼻を掠める。スイートルームにのみ完備されているキッチンスペースに、恋はいた。

「起きてたのか」

「うん、小腹が空いちゃって。廉はどこに？」

「上のバーで一杯」

「起こしてくれたら付き合ったのに」

ＩＨコンロに並んだ二つのフライパンを器用に使い分けながら、恋は柔らかく微笑む。素肌にシャツ一枚しか纏っていない自分の女は、目が眩むほどに美しかった。

「腹減った。サンドイッチと、玉子焼き？」

「うん。流した卵の両端を畳んで手前に巻いていくとね、丸いフライパンでも四角い卵焼きができるんだよー」

「へえ。手慣れたもんだ」

「家で自炊してたから」

「一流企業の令嬢が自炊？」

「留学時代のホームステイが役に立って、悠にも夕食やお弁当作ってたの。玉子焼きは悠の大好物」

廉が求めた答えは返ってこなかったが、冷遇する義母によって食事が用意されていなかった可能性はある。徹底したこけし装備からして、義母からの扱いが酷かったことは汲み取れた。

――一人でどれだけ酷い仕打ちに耐えてきた？　どんだけ〝普通〟を我慢した？

生まれ持ったありのままの恋の身体を、確かめるように抱き締める。

出逢った時から他の女とはどこか違った。ファースト・インプレッションから恋の芯の強さは魅力的だった。

家でどれだけ虐げられようと、悠を守りたい一心で大きな壁にたった一人で立ち向かおうとする、そのいじらしいまでの覚悟をまるごと包んでやりたい衝動に駆られた。

「おまえ、もう少し弱くなれ。守ってやる。俺の全てをかけてでも」

こっちは真剣だというのに、抱き締めた手を握り返した恋はクスクス笑う。

「なに」

「やっぱり廉と私は似てるなーって思って。その台詞、悠を守る時の私の気持ちとまるで一緒」

「なるほど」

「ありがとう。でも、私も闘うよ」

「俺の嫁は強くて可愛いな」

「思えば恋人で偽装夫婦ってなんかおかしいね」

「いつかのための予行練習と思えば？」

そもそも廉には結婚願望などなかった。一生独身というのも気ままでいいか、くらいに考えていた。

だけど今は違う。自ら手に入れに行く女は恋が最初で最後だろう。それならば、感情で結婚する相手は恋しかいない。だが、君嶋のように市井から救うための手段として「結婚しよう」とは言いたくない。互いにその意識がどうしようもなく高まった時がいい。

「とりあえず過去の記録を超えないとな」

「記録……って、綾人との回す――」

「今夜超えとく？」

結城に市井――問題は山積みだ、その時にはまだ環境は整っていないかも知れない。勝手が赦されるかもわからない、それでも。

――その時が来たらきっと、俺は君にプロポーズしよう。

＊＊＊

「――今日の俺の予定、夕方まで空けられるか。各テナントの最終面接は拓真と凛に任せてある」

「承知いたしました。すぐに、下にお車を回します」

翌日は朝から慌ただしかった。

廉は、朝一で軽井沢で療養中の京極リゾート会長のもとへ行くと言い出したのだ。綾人や結城グループのことで、念押しするつもりだろう。

普段通りに見えて、早朝からホテル内のジムへ行きシャワーまで浴びている。もっと遡らせてもらえば、真夜中のキッチンプレイに始まり、明け方まで私を離さなかった。

――本当、負けず嫌い。

そもそも廉の言う〝記録〟は何をもって一回と数えるのか。男の人が達した回数？　ベッドに入った回数？　私が果てた回数と言うなら、とうに新記録を樹立している。

知らないことはとことん調べたいタイプなのだが、これはこのままでいいかと思えた。

――なんて幸せな悩み。

学力やビジネススキルをどう高めようとか、いかに目立たずにそれを成し遂げようとか、今までそんなことばかりだったから。

廉が教えてくれた恋愛の悩みは、無条件に心が華やいだ。


ところ変わってホテル玄関前。秘書たるもの、手配した車へ上司を案内するまでが仕事だ。こういう時はホテル支配人から手の空いている従業員までが見送りに立ち合う。

「『行ってらっしゃいませCEO』」

「恋。本当に一人で大丈夫か？」

午前中オフを貰った私は、これから下着を買いに行くことになっていた。今まででインナーはコルセットで間に合っていたため、初めて女の子らしいブラジャーを手に入れることになる。

「うん。よくわからないから店員さんに任せようかなって」

「俺の好みで」

「知らないよ、廉の好みなんて」

「(穿いたまま突っ込めるやつ)」

「(……えっち)」

それとなく腰を屈め、わざとらしく頬に頬をすり付けていやらしく囁く。廉は相変わらず公衆の面前でも構わず男を出してくる。

「夕方まで頼んだぞ。行ってくる」

伸ばした首を引っ込める途中で私の唇にちゅっとキスを落として、廉は車に乗り込んだ。

——甘い。甘すぎて胸焼けしそう。そしてこの場に残される私の立場も考えてほしい。

車が走り去ると、案の定、女性スタッフに取り囲まれる。

「豹牙CEOかっこいい〜！　自分はなんもされてないのに胸キュンしちゃった」

「私も胸がおかしいことになってる。あんなことしちゃうんですね、奥様の前では」

「それより朝比奈さん、見違えてしまいました。こんなにお綺麗になったなんて。ウチのエステって凄かったんですね。それとも、豹牙CEOに愛されると綺麗になれるのかしら」

「愛に勝るエステはないってね」

「「「それだ！」」」

——恐るべし偽エステ効果。

というのも、今日の私はこけし装備を全て部屋に置いてきている。

ホテル内のエステで美を磨いたことにするため、表では少しずつ装備を剥がしていく予定だったのだが、今朝廉にこう告げられたのだ。

『もう何も我慢すんな。ありのままの恋で堂々としてろ』

各化粧品メーカーからサンプルを集めてくれた凛さんのお陰で、化粧道具一式は揃っていた。今着ている、リクルートでないスーツも凛さんのお下がり。

ろくに女友達と交流がなかった私にとって、彼女もまた大きな存在となっていた。

「……そうだ、ね。社員割引でエステが受けられるようになったら、みんな通いたかったりする？」

「社割使えるなら試してみたいです！　エステって憧れだけど、高いし続かないんですよね」

「やっぱりそうだよね。豹牙に頼んでみますね。そしたらSNSで、口コミや感想レビューしてもらってもいいですか？」

「「もちろんです！」」

誰にも廉の仕事を奪わせない。私もできる限りのことはしたい。小さな努力がどこで化けるかわからないのだから。

――私も早いとこ買い物へ行ってこないと。

と、ホテルを後にしようとした矢先だった。出発した廉の車と入れ替わるように、正面玄関に高級車が横付けされる。政治家御用達と言われる市井ブランドの車だ。

運転手がドアを開けているため只者ではないと見て取れたが、まさか見知った顔だとは思いもしなかった。

タンと地に足をつけた要人に、ホテル支配人が駆け寄る。

「――京極リゾートのCEOの若造はどこに？」

「いらっしゃいませお客様。失礼ですが、本日はCEOとのお約束が……」

「いや、ないが」

「どのようなご用件でございましょう。お名前を――」

「支配人！　ここは私が」

用件はまだしも、これほどの地位の方に名前を尋ねるのは失礼にあたる。咄嗟に二人の間に割って入った。

「大変申し訳ございません。只今豹牙は外出しておりますが、よろしければご用件をお伺いいたします」

「君は……」

「先日は大変失礼いたしました。豹牙の秘書を務めております、朝比奈と申します。本日はようこそおいでくださいました、結城総帥（そうすい）」

――結城グループのトップがなぜ廉を訪ねてくるの。

昨夜廉に、今回の仕掛人は彼だったと聞かされた。だとしても、ここの担当は綾人に任せたはず。

結城総帥（そうすい）とは、樹奈の誕生日パーティーで悠を紹介して以来だった。

改めて見ても、つくづくダンディーなおじ様である。女性スタッフの目の輝きからして、年齢は離れていてもストライクゾーンに入る程だろう。

「込み入ったお話でしたら部屋を用意させますが」

「いや、ロビーのラウンジで構わんよ。市井恋さん、だったかな」

「――、畏（かしこ）まりました」

――素性バレちゃってる。

初めてお会いした時、私は「パーティーのいちプランナーだ」と名乗ったはずだ。それについても追及されると心していたのだが、その件について触れられることはなかった。

「お飲み物は何になさいますか？」

「ああ。氷なしの水をくれ」

「朝食はお済みですか？　よろしければ――」

「いや、いい。すぐに失礼する。そもそも最近は余り食欲がなくてな」

「承知いたしました」

ラウンジ窓側の席を案内すると、結城総帥（そうすい）は暫く（しばら）窓の外を眺めていた。今はちょうど桜が満開の時期。溢れんばかりの花びらが美しい日本庭園を一層華やかに彩っている。

『桜花　何が不足で　ちりいそぐ』

「小林一茶ですか。小さなものに対する優しさが滲み出ている彼の俳句は、私も好きです」

満開に咲いた桜があっという間に散ってしまうのは、いったい何が不足しているからなのか――という、桜の情景と一茶の心情が同時に伝わってくる俳句である。

「ほう。これは驚いた。市井のお嬢様がきちんと教養を身につけているとは」

「〝家の名に恥じぬよう〟より〝家の名に頼らず〟が私のモットーですので」

「なるほど、市井は随分と男前なお嬢さんをお持ちのようだ。似ているな」

「？　どなたに」

「私の息子だ」

薄れた面影を懐かしむような、それでいて少し寂しそうな表情が彼を覆う。

「地位も名誉も糞食（くそ）らえだと、とうの昔に家を捨てて出ていきおった」

「結城ほどの家名を自らお捨てに？」

「自慢じゃないが、あれはビジネスセンスが抜群でね。唯一直系の息子だというのに困ったものだ」

「でしたら今頃、更に力をつけていらっしゃいますね」

「ああ、私の跡継ぎはあれしかいない。そろそろ家柄のきちんとした嫁を貰って家に落ち着いてほしいものだ」

「結城総帥の御子息でしたら、さぞ容姿端麗でいらっしゃるのでしょう」

これに、ははと声を出して彼は笑った。グループの頂点に君臨する要人といえば、黒くて怖いイメージがあったが、樹奈のパーティーの時と変わらぬ優しいお人柄に触れた気がした。

「〝家の名に頼らず〟がモットーの君が息子の立場なら、どうしたら〝家の名のために〟戻ろうと考える」

「そうですね。息子さんの望みを一つ叶えて差し上げてはいかがでしょう。私と同じ穴の狢でしたら、あれやれ、これやれで動く方とは思えません」

「なるほど。参考にさせてもらおう」

ここでようやく彼はテーブルに目を向けた。耐熱グラスにそっと手を当て、ぼそりと呟く。

「……温かい」

「出過ぎた真似をいたしまして申し訳ございません。お薬を飲まれるのかと」

「ああ、私が氷なしと言ったから白湯を出したのか。機転が利くいい秘書だ」

そう口を動かしつつ錠剤を取り出した。その包装シートのほうにふと目がいってしまう。「ティーエスワン」——母が生前飲んでいた薬と同じ。

——結城総帥……？

それを見てラウンジスタッフに一声掛けてから、ゆっくりと深呼吸した。

「ご覧ください。当日本庭園は京極リゾート創業者が奥様のために造られたとお聞きしました。その後一族の方々は皆、この庭園で挙式をされております。豹牙は、代々受け継いできた温かな伝統を守るため、日々尽力しております」

「……もう耳に入っていたか。君嶋くんを送り込んだのは私だと」

「はい。豹牙や私へどのような思いがおありなのかはわかりかねます。ですがそのためだけに、崖っぷちから這い上がる覚悟の京極リゾートまで巻き添えにすることはご遠慮ください」

秘書の分際で生意気な、と思われただろう。とはいえ直接話せる機会などそうない。失礼を承知で唇を噛み締めた。すると彼はにやりと口端を上げる。

「全くの正論だ。それでも君嶋に依頼を出した手前、動き出したものは止められない。この機会に京極とあの若造の底力を見せてもらおうじゃないか」

ああ、私一人が足掻いたところでどうにもならない。沈黙が訪れて数分、ラウンジスタッフが、私が注文したものを運んできた。

それをテーブルに出したところ、ぎこちなく構えた結城総帥の眉山が釣り上がる。

「うどん？　注文した覚えはないが」

「僭越ながら私の勝手で料理人に作らせました。当ホテルの和食処では、細麺のつるりとした喉越しが特徴の、秋田県産稲庭うどんをお出ししております。今のお体でも、こちらでしたら喉を通りますかと」

「なんの、ことだ」

「恐縮ではございますが、そのお薬の副作用で食が細くなられているのではありませんか？　体力勝負になります。一口で構いません。どうか食を楽しむお時間を大切になさってください」

当時同じ薬を服用していた母は日に日に食が細くなり、最後の数ヶ月は口からまともに食事を取れなくなっていた。そして体力がもたなくなり、病に負けたのだ。

――もう、一人も母と同じ経過を辿ってほしくない。

「君は……容姿の美しさに留まらず、中身がとてもしっかりしているな。然るべき教養もあり、ごく稀な才覚まで兼ね備えている。その上度胸まである。君嶋くんが君を欲する理由がよくわかった」

「……私は彼との縁談は所望しておりません」

これには、結城総帥が「はて」という表情を浮かべる。

「聞けば、昔からの付き合いらしいじゃないか。彼に問題でも？」

「いえ、そういう、わけでは」

「ならば心に決めた相手でも？」

「――、はい」

「そうか。もしかして……いや、やめておこう」

市井の令嬢、それればかりか愛人の娘。本来私には恋愛の自由などないのだろう。廉とのことだって、一炊の夢かもわからない。

わかりきっていたことを思い起こしてもやっとしていたところ、数回うどんを口に運んだ彼は「美味かった」と言って席を立つ。

「君に会えて良かった。私にまで心遣いをありがとう」

「恐れ入ります。ところで、豹牙にどのようなご用件でしょうか」

廉の敵は私の敵と見なしていたのだが、なんだか拍子抜けである。

そうそう、と差し出された封筒を見下ろす。結城総帥の手の中にあるそれの中身を推し測ることはできない。

「君嶋くんの要望を実現しようとしただけだったんだが、市井夫人にこんなものを握らされてしまった。『恋を嫁に出す代わりに、樹奈と豹牙廉の縁談を取り持ってほしい』と」

「――っ」

「まあ市井のお嬢さんなら、家柄的にも文句はない。これをあの若造に渡しておいてくれるか」

はい、のたった二文字が声にならない。封筒を受け取ろうとする手が震える。

封筒の中身は樹奈の釣書、もしくはそれに準ずるものだろう。前にも義母から廉宛に送られていたはずだが、結城総帥から手渡されたとなれば意味合いがだいぶ変わってくる。

――断れない。

元はといえば綾人が私を望んだことが始まりだ。この好機を逃すまいと、義母は上手いこと便乗したのだろう。ただ、仮に綾人と私の縁談が白紙になったとして、あの義母が一度手にしたチャンスをそう簡単に手放すとは思えない。

ホテルロビーにて、一向に封筒を受け取らない私に結城総帥の手がもう一度催促する。これ以上の沈黙は、いよいよ怪しまれる。

しかし、渋々それに指を掛けた時、どうしたことか目の前で封筒がスッと消えた。

「——俺になんの用だ」

封筒を取り上げたのは、軽井沢へ出発したはずの上司である。物凄い剣幕で結城総帥を睨み付けている。

「レ……豹牙CEO？　どうして」

「こいつが来てるとホテルから連絡受けて途中で引き返してきた」

「〝こいつ〟って、そんな失礼な。この方は——」

「ああ、よーく知ってる」

——自分に挑んできた敵の顔を知らないわけないよね。

それにしても何故だろう。どんな相手にも落ち着き払って振舞ういつもの彼はそこにはいなかった。廉から伝わる空気は余りにも刺々しく、悪寒すら感じる。

封筒にある「市井オート」の社名印刷で、その中身を察したようだった。廉の鋭い目つきがより挑戦的な棘を纏う。

「俺の秘書に何をした？」

「それをおまえに渡してもらおうと頼んだだけだ」

「総帥自ら市井のおつかいか？　落ちたもんだな」

「こうでもしないとおまえは捕まえられん。お遊びの時間は十分やったろう」

「――、恋には手を出すな」

堂々と構えている結城総帥に対し、廉は今にも掴みかかりそうな荒々しい顔つきである。

仮にも結城総帥は病を抱えている身。大事にならないよう、廉の腕に手を添えた。

「なんにもないよ。総帥とは少しお話ししただけだから」

触れた腕は震えていた。恐怖からではない、武者震いのほうだろう。それにぎゅっとしがみつくと、もう片方の腕が私の頭を抱き込む。大切にガードするように。

「私に背を向けてばかりだったおまえが、血相を変えて引き返してくるとは。ここには、余程守りたいものがあるらしい」

「……何が言いたい？」

このような時に不謹慎ではあるが、改めて二人を同じ視界に入れると眼福の極みである。

惚れ惚れする廉の容姿は言うまでもないが、結城総帥も負けていない。両者独特の色香を持ち合わせており、そう、きっと結城総帥が若い時は廉みたいな……

――あれ。似て、る？

「約束したはずだ。私の決めた縁談に必ず従う条件で、自由な時間を与えてやると。あれから十数年経った、もう十分だろう。良い機会じゃないか、この縁談で身を固めて結城へ戻ってこい、廉」

ふいに瞬きの回数が増える。「まさか」を裏付ける材料が揃うのに、そう長くはかからなかった。

「誰が戻るかおまえのとこなんか。その縁談だって、恋への市井夫人の嫌がらせだ。誰が応じるか」

「約束は約束だ。どんなに背こうが、体に通った血は変えられん。いい加減自覚を持て——おまえは結城グループ唯一の跡取り、〝結城廉〟だ」

吸い込んだ息をなかなか吐き出せない。考えたこともなかったのだ、そんなこと。

廉の父親の話には、前に少しだけ触れたことがあった。廉は母を虐げた父親をとても憎んでいた。父親への反発から、地位や権力に頼らず自分の腕がものを言うフリーランスという事業形態を選んだのも頷ける。

「なんで急に。俺を連れ戻すためだけに仕事の邪魔までしてきやがって」

「そうでもせんと、そっちの仕事に区切りがつかんだろう。京極まで巻き込むなどそちらのお嬢さんに叱られたがな」

ふいに顎で指され、立場がなくなったのは言うまでもない。

「……申し訳ございません」

「いや、おまえらしい」

そう言って廉は荒々しい顔つきを一時封印し、頬を柔く緩めて頭を撫でてくれた。敵とはいえ廉のお父様に説教を垂れるなんて……。決まりが悪くなって、思わず顔を伏せる。

「恋さん、君は市井の戸籍には入っている。けれど市井の正妻の子ではないね」

「……はい」

私の素性を見破った辺り、ある程度調べはついていたに違いなかった。恐らく息子の身辺調査でもしていたのだろう。廉の対応で、私との関係にも勘づいたはずだ。

所詮は愛人の子、市井の姓を名乗ってはいても、私では体裁が悪すぎる。そう言いたいのだ。

当然だ、本当の廉はフリーランスでもなんでもなく、日本三大財閥の一つ、結城グループの替えのきかない後継者だったのだから。

「君達二人が置かれている状況はわかった。だが、廉には近々結城に戻ってもらわねばならん。それには嫁の支えは不可欠。これは私個人の希望ではなく、絶対だ。相手はグループ内の娘でいたって良縁、断れないと思え」

廉は断固として応じない姿勢を示したわけだが、結城総帥(そうすい)の凄みは廉の年齢や経験値では到底及ばない範疇(はんちゅう)にあった。

「なんでもかんでも思い通りになると思いやがって……」

体調が良いはずはないのにピンと張った大きな背中を、ただ見送る。

唸るように呟き眉をひそめた廉にそっと寄り添うと、渾身の力で腕の中に閉じ込められた。

結城総帥(そうすい)はこの光景を、車内からどういう思いで見ていたのだろう。

「廉。軽井沢は？」

「そっちは取り急ぎ電話で済ませた」

持ち掛けられたM＆Aに揺れはしたものの、伝統を失いたくない京極会長は、廉に任せたいと改めて申し出たらしい。状況により再建困難となった場合、最終手段でＭ＆Ａの実施を試みたらどうかと、廉が話をつけたようだ。

「念のため社長の意思も固めてくる」

「はい。社長は現在支配人室にいらっしゃるかと」

これに「あとでＣＥＯ室で」と返事をした上司は、急ぎ足でホテルへ入っていった。

本日は本当に忙しない。広い背中が消えた頃、廉と入れ違いで別の知り合いが現れたのだった。

「どうして……」

思わず口をついて出たが、度々Ｍ＆Ａの打診に来ているとは聞いていた。私が会わないようにしていただけで。

ホテル・プリンセスの御曹司が、駅から徒歩で来たようだった。

——昔と何も変わってない。彼は自分の身分を鼻にかけたりしない。

「先程、京極リゾート会長からご連絡をいただきました。Ｍ＆Ａ打診の件は見送りたいと」

「そ、のようですね」

「京極社長も同様の結論を出されているのでしょうか。現場で責任を追及されるのは彼なので、直接お聞きしたいと思いまして。社長は現在どちらに」

「待って。聞きたいことがあるの」

「四年前に起こっていたことをですか？　やっと——」

「違う。それは知りたくない。聞いても何も変わらないよ、綾人」

――廉が社長と話している今、ここを通すわけには。

引き留めはしたものの、今更元彼と話すことなどない。もっと言ってしまえば、あまり踏み込んだ話をしたくない。私がいながら樹奈を抱いた経緯など。それでも、今時間を稼げる人間は私しかいなかった。

「……綾人は本当に私を嫁に迎えるつもりでいるの？」

返答はない。耳に指をかけられ、耳朶がかあっと熱を持つ。

当時、悠はまだ幼く、義母と樹奈ばかりか学校の先生や同級生にすら白眼視されていた私の、唯一の頼りだった。あなたが……あなただけが私の心に寄り添ってくれた。そんな相手の裏切りは、絶望に近いものだった。

――早くも限界。もういいかな、廉も話終わったかな。

綾人からの返事は諦めて「それでは」と背を向けると、背後から手が伸びてきた。腰を締め付ける男の腕に、痛いくらい胸を縛り付けられる。

「っ、申し訳ございません。社長がどこにいらっしゃるか、私は――」

「市井から一日も早く出たいのでしょう。この先どうなるかもわからない男ですよ、豹牙廉は。今の俺なら、恋も、悠も救ってあげられます」

「悠」の響きに判断力が鈍る。少なくとも私一人が耐えれば、悠をあの家から解放してあげられると、そう期待してしまう。

「……恋？」

「すみません、この後お約束がありまして。失礼しますね」

一瞬緩まった拘束を振り切り、小走りでその場を立ち去る。こんなことで気持ちが揺らぐことはない。だけど現実問題、廉と私の恋路は確かに甘くはなかった。


「――俺の家の件、隠すつもりはなかった」

「……うん」

「なんで急に……今なんだよ」

CEO室に戻ってから、廉は同じ台詞を何回か繰り返している。

跡取りは廉しかいないと言うのなら、結城総帥はいつもタイミングを見計らっていたに違いない。それでもこの時期に強行手段に出たということは、間違いなく彼の病状が関わっているのだろう。

――病気のことを教えてあげたほうが、いいのかな。

とはいえ命に関わることを第三者の口から告げていいものか。知ったところで、廉の父親への憎しみが消えるわけでもない。

迷いを振り払えない私を同じソファに座らせて、廉が口を開く。

「おまえの〝朝比奈〟とおんなじだ。〝豹牙〟は母の旧姓、戸籍上は〝結城廉〟――結城唯一の男児。それでも、跡を継ごうと思ったことは一度たりともない。自立するためならなんでもした。学生時代は勉学に励み、社会に出てからは平社員から始め、独立するまで十年かかった」

それを本当に成し遂げてしまうのだから、元の才能だけでなく並々ならぬ努力があったのだろう。

「確かにあいつは結城のトップとしてはやり手だ。だが、貴重な男児を産み落とした女を用済みと、容赦なく切り捨てた……そういう男だ」

「正妻だったお母様を退けて、愛人のほうを家に入れたんだっけ」

「ああ。あいつだけは赦さない」

たった五歳で無理矢理母親と引き離されたのだ。あまつさえ看取ることも叶わなかったという。廉は骨が軋むほど拳を握り締めていた。内に滾る激情を堪えるかのように。

「万が一連れ戻されることになったとしてもだ。ただで戻る気はさらさらないね」

——結城に戻ったなら、あなたは本当に手の届かない人になってしまう。

自分でも気づけない私の心の穴を、廉は見透かしているようだった。それまでとは打って変わって優しい手が、私の頭を撫でる。

「言ったろ、俺は自ら手にしたものへの執着も独占欲も半端ない。諦めろ」

ふと顎を上げると、そこには憎たらしいしたり顔があって、なんだか少しイラッとした。

——そんなキメ顔でドヤられても。

「何か考えがあるの？」

「いや？　これから考える」

「ねぇ、今の状況わかってる？　結城に戻るまでフリーランスの仕事を奪われ続けるんだよ？　しかもお父様の……結城総帥お墨付きの縁談を断れる人間なんて——」

「ああ、ぞくぞくするね。結城に市井？　打つ手なし？　八方塞がり？　いいぜ上等だ。敵が絶対権力者なら相手に不足はない。苦境から這い上がるサクセスストーリーは大好物だ」

余裕のない表情をしていたのは、父親への憎悪のあまり、いつもの調子が狂わされていただけのよう。いくら廉でもこの窮地には参っているかと思ったけれど、とんでもない。追い詰められるほど燃える超面倒なタイプだったのだ。

隣で「どうしてやろうか」と悪巧みをしている黒王様の胸をぽこぽこ叩く。

「も、もう！　こっちはっ、結城に強制的に連れ戻されたらもう会うことすらできないかもって……！　このままどうにもできなかったら樹奈に廉を奪(と)られちゃうって、不安でたまらないのに……っ！」

境遇は違えど、私達は家名に頼らず己の腕を信じて歩んできた。それなのに、この器の大きさの差はなんだろう。

——少しでいい。あなたに釣り合う女になりたい。

わざとむくれた顔をしている私に、廉はしょうがないなとでも言うように笑いかけた。

「これは全力でご機嫌とらないとな……。そうだ、下着屋は？」

「あー、行けてないの。出かけようとしたらお父様がいらして」

「行くか。ついでに恋の実家も。着替えとか化粧品とか、取りに行きたい物あんだろ。こうなったら一人で行かせるわけいかねーからな」

「……うん、ありがとう」

「とりあえず強情な恋の本音が聞けて、俺は満足」

逆風を物ともせず誇らしげに胸を張る、その様は腹立たしいほどに眩しい。

——さいあく。これは筋金入りの王様だ。

廉が結城の血を引いているとは正直驚いたが、思ったよりすんなり受け入れられていた。

ずば抜けたビジネスセンスに規格外の存在感、この人についていきたいと思わせる強靭(きょうじん)な求心力——それは紛れもなく、結城廉の、王様の資質。

王様の華

——実家……気が重いな……

下着屋にて買い物を済ませた後の、実家へと向かう車内。移りゆく景色をなんとはなしに眺めては、溜息を零す。

あの家に思い入れのある物は大してない。私服なら新しく買ってしまえばどうとでもなる。そうは言っても、唯一の母との思い出であるアルバムだけは、せめてこの手に戻しておきたかった。

話し合いの末、廉には車内に残ってもらうことにした。この時間は間違いなく樹奈がいる。あれを近づけさせたくなかった。さらに、不測の事態が起こったら、すぐに連絡することになっている。

「恋。何を言われても派手なことはすんな。今はその時じゃない」

「わかってる」

あの境遇に十一年耐えてきたのだ。易々と口車に乗せられたりはしない。

お父様は今もなお悠に付き添いホテル暮らしをしている。広い家に残された女二人。少しくらいダメージを受けているかと思ったけれど……。

「――まぁまぁ恋さん、おかえりなさい」

インターホンで荷物を取りに来たと伝えると、義母は満面の笑みで私を迎え入れた。結城総帥といういう後ろ盾ができたからだろう。第一声で嫌味の一つでも吐かれるかと心していたので思わず拍子抜けしていると、わざとらしく上擦った声が響き、敷居を跨ぐ足が止まる。

「そうそう、つい先程まで結城総帥がいらしていたのよ。樹奈にも会いたいと仰ってくださって」

あの足でこの家を訪れたのだ。私達が下着屋へ寄り道している間に。

――何をしに？

「恋さんには耳の痛いお話でしょうけれど、結城総帥自らが今回の縁談を取り持ってくださることになったのよ。結城グループを敵に回して生き残れた社会人など、この日本にいるものですか」

「何が仰りたいのですか、お義母様」

「あなたが来てくれてちょうど良かったわ。恋さん、この書類を豹牙さんに渡してくださる？」

真っ赤な口紅がにやりと妖艶に笑みの形を作り、さらに「豹牙さんの秘書なのでしょう？」と付け加えた。

「中身を確認させていただいても？」

これを鼻で笑った義母は、軽々と「どうぞ」と答える。

封筒内の書類は二部の覚書だった。そこには結城総帥と君嶋綾人の約束、市井の要望が簡潔に記されていた。

『市井恋を嫁に出すこと。豹牙廉と市井の長女が婚姻関係を結ぶこと』

私を君嶋に嫁がせるために市井から出す、その代わりに廉と樹奈を結婚させる——結城総帥に聞いたままである。

立会人として、結城総帥の署名捺印は確かにあった。父を通さず勝手をするのが義母の常、市井においては義母が独断で押印したのだろう。

「念のために言っておきますけど、市井の長女とはあなたのことではないわよ」

「……承知しております」

父に連れられて、私が市井に来たのは十三歳の時だった。その頃、樹奈は既に生まれていたため、市井家の長女と言えば、当然樹奈が該当するのだと理解していた。それに……。

「この覚書は結城総帥が作成を？」

「ええ、先程突然お見えになって。この縁談を確かなものにしたいと申し出てくださったの」

あのすぐ後、結城総帥が手ずから作成したであろう書類には、〝市井樹奈〟の名が初めから印字されている。義母に言われずとも、長女に関しては疑う余地もなかった。

しかしそれよりも、廉の苗字が〝結城〟でなく〝豹牙〟となっていることのほうが違和感がある。業界内では豹牙で通っているから、覚書自体は成立するだろうけれども。

「残すは豹牙さんの印鑑のみ。残念だったわね、恋さん。これで樹奈の結婚相手は決まったも同然。

廉さんは男前ですもの、婚前の火遊びは咎めません。精々残りの時間を楽しむことね」

「やはり豹牙を市井に入れるおつもりですか」

「ええ、欲しいわ」

――もしかしてこの人は知らないの……？　廉が総帥の息子と知らずに、そんな身の程知らずなことを？

廉が家を出て十数年と聞いた。結城の息子の存在が周知されていないのも無理はない。だとしても、だ。なぜ結城総帥はこんな動かぬものを作成したのか。〝豹牙〟とまで表記して。

廉を娘婿にやるなど許すはずがない。結城に残された、ただ一人の跡継ぎを。

――結城総帥の腹の底が読めない。

廉を連れ戻したいだけのはずが、なぜこうなるのか。私一人ではどうにもならない。ひとまず持ち帰ろうと、胸の内ポケットに封筒を閉じ込めた。

「承知しました、豹牙に渡します。ですが彼はこのような……自らの意思に反した内容の覚書に、サインはしないと思います」

「いいえ、廉さんは必ずサインしてくださるわ。私どもには結城総帥がついておりますもの。意地でもあなたと一緒になんかさせるものですか」

穏やかだった口調が棘を含んでいく。化けの皮が剥がれるとはこういうことかと痛感した。

「いずれ恋さんには市井のための駒になってもらおうと思っていました。君嶋家へ嫁げるなんて、愛人の娘にしては贅沢すぎるわ。けれど樹奈のためには仕方ないわね。引き揚げてくださった綾人お坊っちゃんに感謝なさい」

「お言葉ですが、お義母様。私は君嶋さんとの縁談は――」

「私から……市井から奪うだけ奪って、あなたは他に何を市井に残せると言うんですか！　邪魔者を排除して、樹奈は最高の夫を手に入れるのよ――一度くらい役に立ってちょうだい」

妖艶に微笑んでいた口元が牙を生やして私に噛み付く。そのはんにゃによく似た目つきに、恐怖さえ覚えた。

――わかってるよ。この家をおかしくしたのは私の存在。

金縛りにあったかのようだ。そんな、固まった体に自由を取り戻させたのは、幸か不幸か私の大嫌いな甘ったるい声だった。

「好きにさせてあげたら～？　その紙さえあれば、お姉様が縁談を断ろうと、廉様は樹奈のものになるんだからぁ」

二階からひょっこり顔を出したのは樹奈である。

樹奈が優位に立ちたいだけの時間に、なんの価値もない。経験則に基づき、妹の横をすり抜けて階段を駆け上がり、自室へと飛び込む。

そうしてアルバムだけ手にして速攻部屋を出るつもりが、既に樹奈が扉を塞いでいた。この勝ち誇ったドヤ顔を嫌というほど見てきた。今更心に傷がつきはしないけれど。

「お話しましょうよ～。今までのお姉様、お人形並に従順で張り合いがなかったから、樹奈つまらなかったの」

「……そう」

「結城総帥(そうすい)ってと～っても素敵なおじ様ね。樹奈のこと可愛い可愛いってヨシヨシしてくださったの。樹奈の言うことならなんでも聞いてくれそう～」

――そんなに愚かではないと思うけど。

お得意の甘え上手でおじ様心を擽(くすぐ)ったのだろう。こう見えても、樹奈は外面はとてもいいのだ。

特に男に取り入るのが本当に上手い。

「総帥(そうすい)ね、樹奈のためにあの紙を作ってきてくれたみたい。だからぁ、廉様は樹奈に永遠の愛を誓うの。廉様返してもらっちゃってごめんねー？　お姉様怒ってるぅ？」

――まともに対応するのも馬鹿馬鹿しい。

と、樹奈を無視して部屋を出ようとすると、不気味なクスクスという声が耳を掠める。

「綾人先生の何が不満なの～？　両想いだったくせにぃ。イケメンで御曹司だしぃ？　あー！　もしかしてお姉様、まだあのこと気にしちゃってる？」

つい、その甘ったるい声に足が止まってしまった。

どうも、異母姉の彼氏を寝取った四年前のことを言いたいらしい。上目遣いに私の顔を覗き込み、樹奈は艶々と光るピンクの唇を開く。

「許してあげたら～？　全てお姉様のためにしたことなんだから」

「なんの、話？」

そもそも「許してあげて」と言える立場ではないはずだ。綾人と私を別れさせようと、扉の隙間からわざと行為を見せつけたのは樹奈なのだから。

とはいえそこに至る経緯を知らないのも、また事実だった。

「樹奈ね～、お母様が電話してるのを偶然聞いちゃったんだぁ。綾人先生がウチに通ってた頃、お姉様をお嫁に出そうとしてたのよ」

――綾人と付き合ってた頃……私が二十歳の時？

「それもね、お相手は五十を超えたおじさん。グループ内のどっかの社長ですって。ほーんと、お母様もエグいんだから」

「……そんな話聞いたことないけど？」

「樹奈、綾人先生にしか話してないもーん」

いい歳をした大人の癖に頬をぱんぱんに膨れさせ、可愛いアピールをしているようだった。呆然とその顔を眺めていると、ふいにこめかみにピリッと痛みが走る。

「待って。なんでその縁談がなくなった、の……？」

私に初彼ができたのを知った樹奈が面白くなさそうにしていたのは気づいていた。綾人と別れさせるために寝取ったとしか思えなかった。綾人は利用されただけの被害者だったのかも知れない。

そこまでは予想がついていたつもりだった、だけど。

「やだお姉様、ここまで話してわからないのぉ？　樹奈がお母様を止めてあげてもいいよって、綾人先生に言ったからに決まってるじゃなーい」

「違う。その代償に綾人に何をさせたの？」

「あー、そっち？　『樹奈も抱いて』って言ったらすーぐ落ちたよ？　綾人せんせ」

「なんて、ことを……っ」

知らなかった。知りたくないじゃ済まされなかった。

――綾人……

私はどうしてもこの腹違いの妹を好きになれない。だから一度でも樹奈を抱いた彼氏を許せなかった。それが、蓋を開けてみれば、私は綾人に守られていたのだ。

うら若い娘が五十を超えた男に嫁ぐ――そこで、どんなふうに扱われるかはわかりきったこと。

「あれー、男二人も奪られて、さすがのお姉様も激おこー？」

どうして今まで、こんなの相手に口を噤んでいたのだろう。沈黙が何より平穏だと思っていた。

だけど自分を守っていただけで、結果、悠も綾人も巻き込んでいた。

悔しさか、怒りか、情けなさか。自分でも区別のつかない感情で震え上がる。

「綾人先生ってもの凄ーく優しく触れるのね。もどかしくて樹奈たくさんおねだりしちゃった」

「やめて」

「樹奈のお願いをなんでも聞いてくれたのよ。美味しかったなぁ」

「やめなさい樹奈!!」

――最低。最低……最低。

声が詰まって言葉にならない。なのに樹奈はとろんとした顔で妄想にふける始末。

「そ～いえば。樹奈のパーティーでお姉様としてたキス、気持ち良さそうだったなぁ。経験豊富っぽいしぃ？　エッチも凄く上手そう～」

「誰、のこと」

「廉様はどんなお味がするのかしら。ねぇお姉さ……イッ！　な、によ、痛いじゃない！」

ねっとりと舐めるような目つきに吐き気を覚えると同時に、たまらず手が出ていた。

樹奈はといえば懲りもせずこちらをキッと睨みつけている。

「私のことはどうとでも言えばいい。だけど、綾人や廉の価値を下げる言い方をするのは絶対に許さない」

——悔しい。悔しい……

笑いながら平気で人の想いを踏みにじる女に、私のかけがえのないものが傷つけられていく。

なんでかな……私の涙を隠してくれた手が温かくて、一層涙が出る。

「——もういい恋。帰るぞ」

「遅いぞ。お陰で俺は不法侵入者だ」

そっと振り向くと、添えられた指の隙間から見えた顔が昂然と笑う。振り切っていた感情のゲージが嘘みたいに平常に戻っていくのがわかった。

一方樹奈は、目尻をくしゃっと歪ませ涙すら浮かべている。自分を助けるために廉が私を止めたとでも思っているのか。

「やぁん廉様ぁ！　助けてぇ、今ね、樹奈ほっぺたを引っ叩かれたの。パーティーの時もよ？　お姉様ってこういう人なの。樹奈ばっかり可愛がられてたのが気に食わないみたい。小さい頃からずっといじめられてるの。ぶつなんてひどぉい。廉様もそう思うでしょー？」

――全く口が減らない。

私に向けていたいやらしい物言いからガラリと変わった猫撫で声。この手で何度悪役にさせられたかわからない。女はどちらに味方をすれば自分に有利かを見定め、男は甘えてくる女の肩を持つ――今まで例外など一つもなかった。

「ああ、酷（ひど）いな」

その中の特例だと信じていた廉の言葉に、身体が萎縮する。得意げに釣り上がった目が「どーよ」と言わんばかりに私と視線を合わせた。

「ふふふ。結城総帥（そうすい）も廉様も、お話のわかる方で良かったぁ」

「二人ともチョローい」と心の声が聞こえてきそうだ。いくらでも被害者面をすればいい。それでも、私の周りの人が軽く見られるのはやはりいたたまれなかった。

「誰を相手にしているかわかってるの、樹奈？　礼儀も弁（わきま）えずすり寄るなんて、身の程知らずにも程がある」

「身の程知らずはお姉様じゃない。愛人の娘ごときが、廉様と釣り合うわけないでしょ!?」

「そうね、私もそう思う。だけど私には、自力で廉がいる場所まで辿り着いた努力と自負がある。市井の権力を我がもののようにひけらかしているだけの樹奈に言われたくない。恥を知りなさい」

ここまで言い切ると、どうしたことか廉はふっと噴き出したのだった。

「やっぱいい女だな、おまえ。俺も、権力にぶら下がるしか能がない人間は大嫌いだ」

「嘘ばっかり。さっき酷いって言った」

「ああ。それはこいつの嘘泣きが酷すぎて」

再び笑い出した廉に、頬を膨らませて見せる。ところが、私を上回るフグ顔がいることを忘れてはいけない。

「樹奈、嘘泣きなんてしてませんー。ほんっとに痛かったんだからぁ」

「だったらもっと上手く泣け。泣きながら口の端が笑ってんだよ、おまえ」

「っ、でもでも！　一方的に暴力を振るったのはお姉様よ？」

「引っ叩かれる程のことを、おまえがしたんだろ」

「樹奈、普通にお話ししてただけだよー？　廉様は信じてくださらないのぉ？」

廉のスーツの袖をちまっと摘み、お得意の上目遣いでヒロインを演じる妹。相変わらずその徹底ぶりには感心する。

「俺がそんなことも見抜けない愚かな男にでも見えんのか？　だとしたら余計、おまえはねーわ」

大好きな廉にまでバッサリ斬られ、樹奈は唇を噛んだ。しかし、それもすぐににったりと綻ぶのだった。

「そんなの、結婚さえしちゃえばどうとでもなるもん～。結城総帥が作ってくれたあの紙があるんだから、廉様は必ず樹奈を妻に迎え入れることになるわ。ほら、小説でもあるあるでしょ、結婚してから本物の愛になる～みたいな。憧れちゃうな」

樹奈の妄想になど興味はない。「紙？」と呟いた廉に、先程義母から預かった覚書を封筒から出して差し出す。

「あいつ、やりやがったな……」

手の中の紙を穴が開くほど見つめ、廉は舌打ちまじりの悔しそうな声でそう呟いた。やはり、廉でもここまでされたらお手上げなのだろうか。

「これに俺もサインしろと？」

「……うん」

こういった覚書は、同じ文面のものを二部用意し、双方が一部ずつ保管する。一方が約束事を反故にしないためである。そして二部に跨った割印を押しておくことで、二枚の書類が同時に発行されたもの、また同一のものと証明できる。抜かりなく、もちろん結城と市井の割印もあった。

「いいぜ。気に食わないが、乗ってやらないこともない——その代わり、この覚書にある約束事項はいかなることがあろうが市井にも守ってもらわなければ困る。これに誓えるか？」

開き直ったように吐き捨てて、胸ポケットからボイスレコーダーを取り出す。言質を取るつもりのようだ。

「ふふ、そうこなくっちゃ。お姉様、今の聞いたぁ？　あら、また怖い顔ー。ほんっと怒りっぽいんだから。もしかして更年期ー？　年取った女って醜いよねぇ。もちろん紙のお約束はお約束。樹奈達が守らなかった時は、どーぞご自由にぃ。……うふ、結城総帥も大したことなかったなぁー」

この場にいないとはいえ、いち財閥のトップにまでそんな生意気な口を叩けるとは恐れ入る。

あまりに酷いため失礼な口を塞ごうとするも、彼の息子がそれを阻んだ。この会話で十分だと言うように録音停止ボタンが押され、廉が口を開く。

「いい心掛けだな。ただし、今の俺の案件が全て片付いてからだ。あいにく、おまえに構ってる暇はない」

「えー、仕方ないなぁ。婚約お披露目パーティーと結婚式は盛大にやってくれるー？」

「ああ、最高の舞台を用意してやる」

――廉に、何か考えがあってのこと。

薄らわかってはいた。樹奈の、未だかつてない最大級のドヤ顔に視界を覆い尽くされ、不安に襲われようとも。

「用は済んだ。恋、行くぞ」

「っ――え、でも」

腕に手を掛けられようが、自分を納得させるだけの材料が見つからない。

――どうしてあんなことを。

その先を聞くまでの心の余裕が持てず、声にならなかった。

ホテルへと戻る車内、再び後部座席に廉と並ぶ。

廉から話してくれるはずだと、喉が声を阻む。けれど廉は考え事をしているようで、呼吸音を拾うことしかできなかった。

ふと、廉の横顔から、手元の母とのアルバムに目を落とす。それに合わせて、廉もこちらに目を向けた気配がした。

「〝シンデレラ〟？」

表紙を飾るキャラクターのことを言っているらしい。

「あー、うん。私の境遇に似てるなーって、学生の時に夢見ちゃったんだよね」

「継母と義姉に冷遇されてるやつか」

「そう。でもある日見事な変身を遂げて、かぼちゃの馬車で王子様に会いに行くの」

「王子はその美しさに一目惚れして、彼女が落としたガラスの靴で彼女を捜し回る」

「ガラスの靴はシンデレラのために作られたかのようにぴったりだった。そして王子様と――」

「『結婚して幸せに暮らしました』」

一つのストーリーを二つの声で紡ぎ、目が合って互いにふっと笑みが溢れる。

「まさにシンデレラストーリーだな。継母と義姉は最後どうなった？」

「んー。どの姉も王子様に選ばれなくて、ぎゃふんって言ってたんじゃないかな」

――人の、それもおとぎ話のこと話してる場合じゃないんだけどな。

心ばかりが焦る中、屈託のないしたり顔がただただ私を照らしていた。

「夢の中のその王子様、〝王様〟に書き換えとけ」

――なんかもう、不安になってるのが馬鹿馬鹿しくなるくらい、かっこいい。

このところ、私はとんでもない男を好きになってしまったのではないかとよく思う。返事の代わりに、頼もしい肩にコトと頭を預けた。

「あれはいつもああなのか？」

「樹奈ね。うん、昔から変わんない。絡まれると面倒だから極力避けてきたんだけど。欲しい物のためなら人を傷つけることも厭わない。……今日の樹奈は、今までで一番怖かった」

「ビンタ喰らわした女がよく言う」

「だよね。ちょっとスカッとした」

　エンジン音に乗せてクスクスと笑う声がふわっと広がる。

「恋。おまえが今までどれだけ酷い境遇でどんな扱いをされてきたかは、今日ので大体わかったつもりだ。たしかにバカ娘は面倒だが、タヌキのほうが余程厄介そうだった」

「……聞こえてたの。玄関前でお義母様と言い合ってるの」

「恋を市井の好きにすることで、意地でも堕落の道を歩ませたい。俺にはそう聞こえた」

　廉の鋭い感覚は核心をついていた。

　目障りな愛人の娘を追い出すことは造作もなかったはずだ。それが十年以上も手元に置いて、隙あらば地獄に堕とそうと目論んでいる。最もさもしい堕とし方を選んでいる。綾人と樹奈を巡る真相がいい例だ。

「……気に食わねえが……」

　重々しい声が廉の肩から伝わる。何に、誰に向けた言葉かなど知る由もない。

「俺の手でおまえを市井の檻から出してやる……俺はあの書類にサインする」

　思わぬ決意に息が詰まる。望まない未来が頭の中でぐるぐると回った。

――綾人と私が結婚するってことだよ？　廉は樹奈と？　全員が捺印してしまえば、あれは成立してしまうのに。残る廉が頼りだったのに。

「待って。私なら大丈夫。お義母様に何を言われてももう耐性がついてるし、自分でやっていけるだけのものを身につけたら、あの家を出るつもりでいたから！　廉にまで迷惑かけたくないっ」

身を乗り出し必死の思いで拙い言葉を紡ぐけれど、「わかってる」と廉はただ私の頭を撫でた。

——もう廉の中では決定事項……なんだね……

「ただ、その前に幾つか確かめておきたいことがある。そして場合によっては……俺の生き方も、改める必要があるかも知れない」

こちらに向けられる視線は、私のさらに向こう、どこまで遠くを見据えているのかはわからない。

それでも、私が見られる景色ではないだろうことはわかった。

「恋にきちんと話せるようになるまで、時間が掛かる。俺を信じて、俺のやり方についてこい」

——とんでもなくエゴイスティック。

それでも王様なら仕方ないかと思えてしまうのだから、私もどうかしている。

今までは自分の足が何よりもの頼りだった。私にはそれしかなかった、だけど今は。

——ただ、信じてる……

「王様のお好きなように。大丈夫、私は闘えるシンデレラだから」

精一杯の笑みをこしらえた私に向け、廉は当然のことのように輝くような笑みを零した。

その後、私をホテルへと送り届けたのち「会っておきたい人がいる」とだけ言って、廉は再び出掛けてしまった。

ビジネスにおいては自社ビルのテナント選定が終わり、各テナントが造作工事に入っていた。テナントとの賃貸契約で莫大な保証金を得た京極リゾートは、廉の提案により、それを元手に幾つかの施設の改装工事に取り掛かった。

六月までに全てを完了させ、ショッピングモールとホテル同時にリニューアルオープンを迎えることが、ひとまずの目標である。

「――恋ちゃん～？　あ。いた！　来て来て！」

「凛さん、あの……⁉」

――似てる、誰かに似てる。この強引さ。

ある日の昼下がり、CEO室で書類整理をしていた時。半ば無理矢理連れてこられた場所は、ホテル内の施設、ブライダルサロンだった。

「急遽帰国した友人のスケジュールを押さえたの。斉木巧って知ってる？」

「斉木巧……世界で認められたっていう、稀代のカメラマンですか？」

「そう。彼に撮ってもらえるなんて話題性バッチリよ。恋ちゃん、ウェディングドレス着よう！」

元々予定していたことではあるが、それが今日だとは思わなかった。

六月のリニューアルオープンに先駆け、新たなイメージパンフレットの製作は決定事項だった。六月という時期を考えて、テーマは〝ジューンブライド〟。広告としては出遅れているものの、ウェディング事業の業績アップは立て直しの要となるため、大事な仕事の一環である。

本番同様の段取りを組み、結婚式風景を撮るのだそう。控え室に案内された後、用意されたウェディングドレスの前に立ち、思わず息を呑む。催促されてもなかなか手が出なかった。

「あの。花嫁役はやっぱり凛さんのほうが映えると思います」

「なーに言ってるの。廉の相手は恋ちゃんしかいないでしょ〜」

「そう、でしょうか」

廉が結城を継ごうが継ぐまいが、本来私の手が届く男ではない。ただでさえあれだけモテるのだし。

生い立ちからして望んだ結婚ができると思っていなかっただけに、偽装だと理解していても、純白のウェディングドレスは私には眩しすぎた。

——結婚、か。

元より結婚願望がない男と聞いていたし、廉は今以上の関係を望んでいないだろうけれど。あなたと結婚できたらどれだけ幸せだろう。

——せめて誰のものにもならないで。

なんて思うのは自分勝手が過ぎるか。私は、樹奈を抱いてまで私を守ってくれた綾人に嫁ぐのが順当なのだろうか。彼に守られなければ今頃廉に出逢うこともなく、五十を超えたおじさんに弄ばれていたのだろうから。

「恋ちゃん、知ってた？　一番好きな人と結婚できている人って、全体の三割くらいなんだって」

私をドレッサーの前に座らせた凛さんが鏡越しに頬を緩ませる。そうして、私のヘアセットとメイクを手際良く並行して進め始めた。

「今の時代でもそんなに少ないんですか？」

「驚きよねー。七割のうちの多くは好きな人と結婚したと思うけど。過去を振り返ってみると〝一番〟好きだったなーって思える人が他にいたのかも」

「初恋の人とか、存在感大きそうですよね」

「そう。それが綺麗な思い出になってる人もいれば、現在進行形で想いを寄せている人もいるかもしれないわね」

髪を梳く、女性らしいしなやかな指が冷たくて気持ちいい。

そういう意味での三割なら納得できる、と頷いていると、こそばゆい吐息が耳を撫でた。

「恋ちゃんは、廉を綺麗な思い出にできそう？　ドレスを悩ましげに見つめてたから……マリッジブルーになった花嫁さんみたいに」

凛さんの問いかけに、うーんと頬杖をつく。いろんな意味で、あそこまで強烈な男にはもう出逢えないだろうと断言できる。

あんなに相性が良い人も、きっとここまで夢中になれる男性も――だけど。

「その三割に入りたいって、世の女性のほとんどが願ってる。もちろん、恋ちゃんも望んでいいのよ。恋に身分差も生まれも関係ないんだから」

――いいのかな。本当に？　いいの？

「――凛ー、朝比奈さんの用意できた？」

「まだ！　あと着替えが残ってる～」

凛さんは扉の向こうから呼びかけてきた拓真さんへと声を張り上げ、以降は黙々と役目をこなしていく。さすが美のプロ。樹奈のお誕生日パーティーの時とはまた違ったドレスに合うメイク、ヘアスタイルが完成した。

そうしてものの数十分でこちらの準備が全て終わり、凛さんから最後の魔法がかけられる。

「はい。これ、廉から恋ちゃんに」

輝きを放つティアラが仕上げと言わんばかりに頭頂部に載せられた。どうやらバタフライをモチーフにした作品らしい。真新しい感じはない、言うなればアンティーク。

姿見に向かって首を振ると、ダイヤらしき宝石が無数にキラキラと揺らめいた。重みからして、シルバーではなさそうだ。

――オールプラチナ製？

「廉のお母様が、かつて結婚式の時に着けたものだそうよ」

「っ、そんな大事なものを？」

「ええ。受け継がれる家族の絆――これは〝サムシング・オールド〟」

「サムシ……？」

「〝サムシング・フォー〟って言ってね。〝幸せな結婚生活が永遠のものになりますように〟と願いを込めて、四つのお守り（アミュレット）を式当日に身につけるらしいの。伝統ある、おまじないかな」

「それを、廉が？」

凛さんが深く頷いたのを確認し、一つずつ指差されていく残りのアミュレットを目で追う。

ホテルからプレゼントされた、このドレスは〝サムシング・ニュー〟。

〝サムシング・ブルー〟には、トルコキキョウの花の髪飾り。

そして凛さんから借りたワンポイントダイヤのネックレス。これが〝サムシング・ボロー〟。

四つのサムシングを装飾し終えた凛さんが、私の肩に手を添える。そして、私の爪先を扉のほうへと向けた。

「……ネックレスもですが、これ、凛さんを通して借りていいものなんでしょうか」

「私のは気にしないで。ティアラは……あえて自分でキザなことはしたくなかったんじゃない？　まぁ今日は本番ではないけれど。こんなの、〝幸せにするよ〟って言ってるようなものだものね〜」

「――っ」

それは私の境遇を思った廉の演出に違いなかった。とはいえこんなことをされたら、そんなことを聞いたら、廉の前に出にくくなってしまう。

速くなる動悸を落ち着かせようと、前から気になっていたことを尋ねてみることにした。

「凛さんのお相手はどうして廉じゃなかったんですか？」

お互いに相手のことを理解しているという点を考えても、廉の近くに一番長くいる女性は凛さんでは、という気がしている。廉ほどの男なら、大抵の女はなびくだろう。実はずっと好きだった、なんてこともあるかも知れない。なんなら元カノだと言われても違和感はないのに。

と、それとなく探ってみたのだが、彼女はけたけた笑い出す。

「うんうん。廉と拓真なら、九割の女が廉に行くわよね。でも残念。廉って、私の中で圏外なの」

ここまでバッサリと廉を切る女性も珍しい。思わずぱちぱちと、瞬きの回数が多くなる。

「仕事の姿勢は憎たらしいほど傲慢で自信家で、今まで見たどんな男より魅力的だと思うわ。誇りには思うけれど、そもそもナイのよねー。それに廉って、あっちもサディストでしょう」

「はい。かなり」

「私ね、ダメなのよ。恋愛の主導権は自分が握っていたいタイプなの」

「なるほど」

「その点、拓真は喘(あえ)がせると凄く可愛いの」

「……なるほど」

廉のそれとはニュアンスは違うようだが、要は凛さんもドSということ。そして凛さんのセフレである拓真さんは、夜はドMということになる。

——複雑な気持ち。

けれどお陰で、胸の高鳴りが少しは抑えられたようだ。

控え室を出ると、さわさわと吹く春風が頬を撫でた。それを心地よく感じつつ、チャペルの入り口へと繋がるまっすぐな廊下を進む。凛さんは背後でドレスの裾(すそ)を持ち、ブライズメイドを務めてくれている。

チャペルの入り口まで辿り着くと、私の足元へと続く幅の広い階段の下に、廉の姿を見つけた。

ふと目が合う。片手を広げて私を仰ぐ。それだけで、凛さんとの会話で落ち着いたはずの胸の鼓動は、一気に数分前に引き戻された。

「——恋」

写真撮影は既に始まっていた。エキストラという名の参列者の声も、もはや耳に届いてはいなかった。新郎役が一段一段近づくほどに、鼓動が乱れていく。

光沢のあるシルバーのタキシードに黒のベスト。日本人離れした体格も相まって、ちょいワル系に仕上がっていた。神聖とは程遠いが、王様にはよく似合っている。

最初は「こんな男もいるのか」と、廉という男に関して相当ドライだったと思う。それも今や完全に色眼鏡がかかってしまった。私も所詮女なのだと、嫌というほど思い知らされる。

——本当に危険な男。だけど最高の男。

段上までやってきた廉はそっと私の手を取ると、膝を曲げて手の甲にくちづけをした。王様を傅かせているようで、正直気分が良い。

「さすが王妃。世界中の男を虜にするぐらい綺麗な女だな」

「よく言う」

聞けば、男性から女性の手の甲へのキスは、敬愛を示す挨拶だそう。ただ、廉がそんな殊勝な男であるわけがない。王様の心理的には、独占を意味しているに違いなかった。

この女は俺のだ、という一種のマーキングのようなものだと、のちに凛さんは語った。

「俺についてこられる女はそういない。どんな格上にも物怖じしないしなやかさ、共に闘える強さ、そして王と並んでも遜色ない美しさ——姫じゃ納まらねーよな」

思わず涙がこみ上げる。メイクを崩すわけにはいかないので、眉間に思いきり力を込めた。

「恋は俺の華だ」

そう、ひと言囁いてキスをするから、余計に泣きたくなった。

王様の誓い

ホテルと自社ビルの間に建つチャペルの周辺には、日本を感じさせない雰囲気がある。宮殿の縮小版とも言える外観は、どんな女性でも主役になれる瞬間を演出するには最高のロケーションだった。

「絵になる新郎新婦ね～。ハリウッドスターか何か？　花婿、超ハイスペック」

「あの花婿にしてあの花嫁さんありね。美人でスタイルもいいとか」

「苦労なんて言葉知らないんでしょうねー。神様は不公平だわ」

階段の下にはホテルスタッフ、もといエキストラがスタンバイしている。他にも道行く人が足を止めていたり、あの豹牙廉がタキシードを着るという噂を聞きつけて見に来た女性も多い。

偽装夫婦の模擬結婚式でも、本物さながらのシチュエーションだった。

「もう撮ってますけど、カメラマンの斉木です。モデルもロケーションも抜群だな、こりゃ。最高の絵が撮れそうだ。音声は入らないから適当に喋っててＯＫ」

「存分にいちゃついていいらしいぞ。キスでもして見せつけとく？」

「んっ。もう、口紅とれちゃうってばっ」

くどいようだが、これはウェディングパンフレットと式場のプロモーションムービーを兼ねたダブル撮影である。

一応仕事なのだが、困ったことに、当の廉は堂々と恋人ムードを満喫しようとしていた。

「そのために凛がヘアメイクでついてんだろ」

「自然に崩れた時のために、だよ！」

「おまえが綺麗すぎんのが悪い」

――それを言うなら、廉がカッコ良すぎて心臓が痛いくらいだよ。

「それ、どこのドレス？」

「さあ？　ホテルが用意してくれたものだから」

プレゼントのドレスは、流行に左右されない、王道プリンセスラインのドレスだった。透け感のあるコンパクトなトップスに、ふんわりとボリュームを持たせたビッグスカート。甘すぎず大人すぎず、まさにプリンセス気分が味わえる。

「俺ならオープンバックのマーメイドラインドレスを選ぶ」

「そういえば、前に廉が選んでくれたドレスもオープンバックだったよね。背中フェチなの？」

「いや？　背中から手が突っ込め――」

「えっち」

「早ぇーよ。ドレスの下は？」

「コルセットとガーターベルト。がっちがちだよ。もう慣れっこだけど」

「脱がしていい？」

「やぁだ。後でね」

唇が触れるか触れないかの距離で言葉を交わしては、クスクスと笑い合う。

心から愛する人とのこんな幸せな結婚式、本当なら一生ないかも知れない。

――幸せ。幸せ……倖（しあわ）せ。

「――やはり映えますね。あの二人が広告塔なら予約殺到も間違いないでしょう。数年待ちの憧れウェディング、ウハウハですな」

「まぁそれは喜ばしいんだけど。先生、今はそこじゃねぇ。あいつらの見せつけ度合いがひでぇ」

ウェディング事業担当としてプランナーに加わった拓真さんは、私達の様子を見ては度々ツッコミを入れているようだった。

屋外での撮影はスムーズに終了し、チャペル内の撮影が始まるまでは休憩となった。スタッフ以外のギャラリーが散っていき、ようやくほっと一息つく。だんだんとその数を減らすギャラリーを見て、撮影が始まった時の数倍にも膨れ上がっていたらしいことを知った。

「――すみません。そのティアラ……」

テラス席に腰掛けてギャラリーを眺めていると、六十歳前後の女性が近づいてきた。視線が合うことはない、私の頭の上辺りを見て目を丸くしている。

隣にいた廉もすぐに気づいた様子で、しかし首を傾げ気難しい表情をした。

「とても素敵ですよね。彼のお母様が結婚式で着けられたものだそうです」

「やっぱり」

――やっぱり？

その返事の意味を問うように目を向けてみても、ティアラに夢中らしい彼女は梨のつぶてだ。

このティアラはオーダーメイドの一点物と聞いた。知っているとすれば製作に関わった人か、はたまた……

ようやくティアラから視線を下げた彼女は、途端にはっとした顔になった。

「廉くん――廉くんなのね？」

確かめるようにそう呼び掛けながら、すがるようにして廉の腕を掴む。

――この男は、この年代の女性まで虜（とりこ）にしてしまうのか。

なんて状況でないことはわかっている。廉の記憶が頼りだった。

「……母の……美代子（みよこ）叔母さん？」

「やっぱり！　全く同じデザインのティアラを、姉さんの結婚式で見たことあったのよ。そう、こんなに立派になって……男前になっちゃって。姉さんが見たら喜ぶわ」

廉の母親といえば、廉が五歳の時に結城の家を出たと聞いている。愛人のほうを家に入れたため、廉の母親は追い出されたのだと。そして、廉の知らぬ間に亡くなっていたはず……

「なんて、適当なことを言っちゃだめね。今の廉くんを見せてあげたくても、姉にはもうわからないの。ごめんなさいね」

——生きてる、の?

聞けば、興味本位で撮影を眺めていたところ、見覚えのある物に目を奪われたらしい。それでもしかして、と私に話しかけてきたと言う。

偶然であれ、お母様のティアラが真実へと導いてくれた、そうとしか思えなかった。

ただ、いたずらに喜びを分かち合えない空気である。

父親を憎んでいる廉には、母親にも捨てられたという思いがあったかも知れない。声も出ないといった様子で固まってしまっているので、代わりに私が口を開く。

「失礼を承知でお伺いします。廉のお母様は今お体が?」

「そう……廉くんは知らされていなかったのね」

「お父様から亡くなったと知らされたと、彼に聞きました」

「姉がそう話してと言ったんでしょうね。廉くん、小さかったものねぇ。若年性アルツハイマー病と診断されて、とても悩んでいました。幸い姉は記憶障害の進行を遅らせることができまして、ありがたいことに今日まで、どうにか」

吸い込んだ息が吐き出せない。

アルツハイマーといえば、認知機能の低下から記憶障害などを起こす病だ。やがては生活に支障をきたし、死に至ることもあるという。

『姉にはもうわからないの』——数分前の叔母さんの台詞が、針となって胸に突き刺さる。

「そんな姉を、結城さんは一生面倒見ると言ってくださった」

「結城総帥が、ですか」

「ええ、離婚寸前まで献身的に寄り添ってくださいました。けれど姉が首を縦に振ることはなく、結城さんに再婚を勧めたわ。結城さんと廉くんには自分のいい時の思い出だけを残してほしいと」

「……最後の時まで、共にいようとは？」

かろうじて会話に加わった廉が眉をひそめている。叔母さんは、泣きそうな顔をして微笑んだ。

「そうねえ、そういう選択肢もあったでしょうね。でもね……廉くんの好きな色、廉くんの好きなご飯、廉くんと遊んだ思い出――自分のお腹を痛めて産んだ子の成長記録が日に日に消えて、いずれなくなっちゃうのよ。ママに忘れられて傷つけるくらいなら、自分が捨てたことにして憎まれたほうが余程いい。姉はそういう結論を出したんじゃないかしら」

廉は納得がいかないといった表情を浮かべたが、産んでこそいないものの悠をこの手で育てた私は、お母様の気持ちが理解できなくもなかった。

お母様の部屋には今もなお結城総帥と幼い廉の写真が貼られているという。誰かわからなくとも、たとえ思い出が消えてしまっていても……大切なものだということは心が覚えているのだろう。

最愛の伴侶を、お腹を痛めて産んだ愛しい子を、手放してまで守った――お母様の優しい願いに、胸を締め付けられる。その想いを受け、あえて憎まれ役を買って出ただろう結城総帥にも、また。

「お母様は今どちらにいらっしゃるのですか？」

「自然の多い土地の施設に。結城さんも私も、定期的に様子を見に行っているんだけど……最近はもう」

「詳細を教えていただいても？」

「ええ……ええ。ありがとうっ」

叔母さんはハンカチを出して涙を拭いている。

斜め上を向いた廉の腰に後ろから手を回し、寄り添うようにぴったりくっついた。こうしていると、まるで五歳の廉を抱きしめているような心地になる。

――抱きしめて、あげたかったなぁ……

「廉……。お父様、お母様を捨てたわけじゃなかったんだね」

「ああ」

「お母様に会いたいね。施設の場所を聞いておこうね」

「ああ」

「っ――生きてて、良かったね、廉……っ」

「っ、恋――」

お腹に回った私の手を、骨が折れてしまうんじゃないかというほど握りしめる。だけど廉は表面上は思ったより落ち着いて見えて、私のほうがなんだか泣けてきて仕方なかった。

「こんなに素敵な女性をお嫁さんに貰って。見た目もお似合いだけど、心の支えになる奥さんなのね。大事にするのよ」

「いえ叔母様、この結婚式は――」

撮影のための模擬結婚式だと伝えるつもりだったが、廉の手に塞がれ阻まれてしまう。

「そう遠くない日に嫁(こいつ)を連れて会いに行きます。俺達の分まで母の面倒を見てくださって、ありがとうございます。母をよろしくお願いします」

廉が深く頭を下げるので、私も一緒になってお辞儀をした。そうして叔母さんの連絡先と施設の住所を聞いた後、私達はチャペルでの撮影に戻ったのだった。

エキストラは皆、本番さながらの緊張感を持って椅子に並んでいる。本日最後のシーンとあって、チームメンバーもその頭数に加わっていた。

天井の高さは東京一だそうで、内装も驚くほど豪華。まるでお城の中にいるようだ。本番ではないので、新郎役の廉に手を引かれてバージンロードを歩む。

「――よし。じゃ、新郎新婦は祭壇前に向き合って立って。編集でBGM入れるから適当に喋っててOK。手で合図したら誓いのキスね。見栄えするし、おでこにキスでいこうか」

「デコだからな、廉」

カメラマンの指示を拓真さんがもう一度念押しする。

廉はあれから口を閉ざしたままだが、考えていることはなんとなくわかってしまう。

――廉は迷ってる。

結城家を出たのは、お母様の苦渋の決断だった。総帥(そうすい)は恐らく、幼い廉のために再婚を決意したのだろう。そして、それでもこれまでずっと、お母様のもとへ通っている――本当は憎むべき人ではなかったのだ。どうにも悪い人には思えなかったので、正直私はほっとしていた。

だからこそ、どうしても廉に知っておいてほしいことがあった。ただ、これを言ったらきっと、廉とは接点も何もなくなってしまうのだろう。

「廉。結城総帥のことで大切な話があるの。……お父様ね、がんを患ってるようなの」

「……は？」

「偶然お父様が服用してる薬を見ちゃって。ただ廉を連れ戻したいだけじゃないと思うの。今すぐにでも跡を継いでほしいんじゃないかな」

廉の顔の高さまで顎を上げる。戸惑いの中にも憂いを隠せない、初めて見る顔をしていた。

「今更……」

「うん。ずっと憎んできて、いきなりコロッと態度を変えるのはバツが悪いと思う。だけど、そのちっぽけなプライドを守るために失っちゃいけないものもあるんじゃないかな。お父様と、一度きちんと話し合ってみない？」

一度機会を逃すと、どんどん言いづらくなっていくだけで、何も解決しない。その一言が言えなかった悔いを、ずっと背負っていかなければならなくなる。

「お父様、抗がん剤を服用しながら仕事してるみたい。あの様子だと、副作用でご飯もまともに食べられてないんじゃないかな。どこまで病気が進行してるのか、手術すれば治るものかもわからないし。治療に専念させてあげる選択肢もあるよ――廉には後悔してほしくない」

――私は見ていることしかできずに、母を失ったから。

「お母様のことを聞いた後なのに、ごめんね。でも今廉が悩んでる、その選択に必要なことだと思ったの」

ここまで言い終わると、「少し時間をくれ」とでも言いたげな様子で、廉が手で額を覆う。少しして、険しさが表情に表れた。

「俺が結城に戻ることがどういうことか、わかってんのか」

「廉が腕一本で築き上げてきた地位を失う。チームのみんなとも、離れ離れになっちゃうよね」

——もうここにはいられなくなるね。

「継げば、何もかもが今まで通りとはいかない」

「財閥のしがらみにガチガチに固められて。自由気ままにやってきた廉には窮屈かもしれないね」

——会うことすら、難しくなっちゃうんだろうね。

「恋がいない」

「——っ」

——そんなふうに言わないで。私だって離れたくない。

本心はお互い十分すぎるほど理解していた。一瞬気が緩み、ふいに一筋の涙が流れる。

「なに泣いてんだ、馬鹿」

「んっ。一つ我慢をやめたらどんどん欲張りになってってくなって」

「我慢なんてそんな無駄なもん、やめとけ。恋の欲しいものは俺が全て握ってる。おまえはただ俺にねだればいい」

廉は得意げな顔をして私の涙を拭く。それでも込み上げてくる一方の私を見て「ああもう」と頭ごと手繰り寄せ、頬擦りした。

また別の色の涙が頬を濡らしていく。

あの家に招き入れられた頃、涙しない日はなかった。そのうちに、涙を零しても何も変わらないのだと、心で泣くようになった。

廉といると、わけもわからず感情が昂ってすぐに涙が出てしまう。

『無駄な涙は一粒だってないのよ』

母は言った。寂しさによる涙も、悔し涙も嬉し涙も、その全てが倖せの糧になると。続けて、私にこう教えた。

『「辛い」という字にフタをすると「幸せ」になるでしょう。辛いことにフタをしてくれるような人を持つこと、それが「倖せ」。女の倖せなのよ、恋』

あの頃は意味がわからなかった。成長と共に理解はできるようになっても、所詮はおとぎ話としか思えなかった。けれど、今なら胸にすとんと落ちる。

今までの涙は、この人にめぐり逢うためのものだったと……そう思えるほどの人に出逢えたこと、それが「倖せ」だろうと。

自己主張もお洒落も、全部我慢してきた。そんな私が、めぐり逢えるはずもなかった人と泣けちゃうほどの恋をした——それだけで倖せ者だ。

「そんなこと言って。もう、廉の中で答えが出てるんだよね？」

「恋……」

「私ね、廉。フリーランスで業界トップに喧嘩を売るほどの実力を持つ〝豹牙廉〟、あなたでなければ、好きになってなかった。でもね、今は見てみたい。本当の頂点に立つ王様――〝結城廉〟を。お母様もきっと見たいと思う。お父様を助けてあげて。手遅れになる前に」

「……れーん」

力なくそう呟いた廉は私の両手をとり、さらに額を重ねた。身長差があるため、私は至近距離で廉を見上げる感じになる。

そんな新郎新婦を無数のフラッシュが包んでいた。それなりに絵になっていたのだろう。

「恋を手離すわけじゃない」

「うん」

「君嶋なんかに渡さねーからな。揺れんなよ」

「揺れないけど。揺れちゃったらまた全力で喧嘩しようね」

「おい」

吐息の掛かる距離で、クスクスと光が零れる。それも王様が「恋」と声にしただけで、ステンドグラスから差し込む陽が倖せ（しあわせ）の粒子を照らした。

「自ら手にしたものへの執着も独占欲も半端ない。そんな男を選んだのは、おまえだ」

「うん、知ってるよ」

「力ずくでも全てを勝ち取ってやる」

「うん。廉らしい」

「そのためには、あの書類に俺のサインは欠かせない。親父の容体含め、すぐにでも結城のトップに立つ必要があるかも知れない。どんだけ待たせるかわからない」

「っ、うん」

「だけど、まためぐり逢った時には……」

総帥（そうすい）を継ぐとなれば、今よりさらに仕事一色になるのだろう。会うこともままならない。

そもそもこの関係が赦（ゆる）されるのか——廉のお父様、そして市井の面々が許すはずもない。総帥（そうすい）の望みとあらば、結城と市井が交わした覚書の通り、互いに違う相手と生涯を誓わなければならない日が来ないとも限らない。

だけどそれでもまためぐり逢えたなら……

「恋。結婚しよう」

いつになく真剣な眼差しに吸い込まれそうになる。今の一瞬で時が止まってくれたらいいのにと、本気で願った。

いつからその言葉を用意してくれていたのだろう。考えただけで微笑ましい。

「えー、どうしよっかな」

「~~~おまえに拒否権があるとでも？」

「ありませんでした」

いつもの廉に戻ったところで、カメラマンの右手が挙がる。誓いのキスの合図だ。廉がいやらしく目尻を下げる。つられて私も悪戯っぽく口元を綻ばせた。

「やっとく？」

「やっと、く！」

新郎が新婦のおでこにキスをする。確かにそう指示を受けたのだが、そんなのはつまらない。目で笑い合った後、ぴったりと唇を繋げた。

「おー、大胆だね～。いいね、本物の新郎新婦みたいで。続けて撮るよー、これ使おう」

カメラマンがヒューと口笛を鳴らす。

「ああー！　やると思ったー。デコつったろ、まじでもうっ」

念を押していた拓真さんの苦々しい声も聞こえてくる。

「二人からは本当に……互いに心から好き合っているのが伝わってきますね。胸に響きます」

「ええ先生、私も。不思議と周りも幸せな気持ちにさせられちゃうのよね～」

「幸せな？　気持ち？　ただただ胸焼け……」

うんざりした口調の拓真さんを凛さんが宥め、緒方先生の声は珍しく涙まじりのようでもあった。

これが新郎新婦に相応しい形かはわからない。だけど限りなく私達らしかった。

「忘れんなよ。恋は俺の女だ」

「廉こそ忘れないで。プロポーズした女がいるってこと」

――そしてその時はきっと、きっとよ。廉のお嫁さんにしてね。

「――あーもう、素敵な結婚式だった～。あんな甘とろな廉、初めて見たわね。もう一生結婚しないんじゃないかしらって心配してたくらいよ、びっくり。やっぱり私の目に狂いはなかったなぁ〜、恋ちゃんのお陰ね」

撮影が全て終了し、凜さんと控え室へ戻る。

彼は、着替えたその足で結城総帥のもとへ向かうのだろう。廉の思考、行動、感情の矛先——今ではそれらが手に取るようにわかる。

「……恋ちゃん？」

部屋に入ったまま微動だにしない私を、凜さんが怪訝そうに覗き込んだ。その顔を見た途端に、プツンと糸が切れたように涙が溢れ出す。義母や樹奈にどんな嫌味を言われようと、慟哭したことなどない。母を失った時以来だった。凜さんの肩に顔を埋めて、私は声を上げて泣いた。

暫くして、力任せに握っていたものを思い出す。

「……私、凜さんのご事情もよくわかってないですし、これでいいのかわからないんですけど……これは凜さんに」

私が差し出したブーケに目を丸くした凜さんの手を包むようにして、幸せを繋げるよう祈る。

「私には、凜さんと拓真さんがカラダだけの関係にはどうしても見えないんです。私、凜さんが大好きです。だから凜さんにも、愛する人と倖せになってもらいたいです」

「恋ちゃん……いい子っ」

そこからは互いに、わけもわからぬまま涙を流しながら抱き合い、長い間二人して泣いていたと思う。願いの詰まった可憐なブーケの花々は、寄り添い倖せそうに咲っていた。

だけど、いつまでもめそめそしてはいられない。長年二の足を踏んでいた廉も、ようやく一歩踏み出したのだ。私も今できることをしよう。またいつ廉が手を差し伸べてくれてもいいように、己に恥じない私でいたい。

手の甲で涙を拭い、純白のドレスを脱ぎ捨て、ビジネス用スーツを纏う。

その日の夕刻前、私はとあるＢＡＲにいた。今こそ彼ときちんと向き合うために。

「――市井様ですね。副社長がお待ちかねです。どうぞ」

さすがプリンセス系列のホテルである。黒と白を基調としたシンプルモダンな内装の館内に、レストランのメインはオープンキッチンの大型ビュッフェ、屋外プールではナイトプールも実施しており、温水のため冬でも利用可能だそう。

若年層をターゲットにしているのか、そこかしこに業界最先端を取り入れている。綾人が持ちかけたＭ＆Ａもそう悪くないと思いはしたけれど。

――なんだか無機質な空間。

我がホテル・ラ・ランコントルのような長年積み上げられた温かみが少しもなく、違和感を覚えた。

ライバルホテルをこっそり調査しているうちに、ＢＡＲラウンジへと通される。人払いをしたのか、店内は貸し切り状態だった。広々とした中に、ただ一人の客が窓際の一人掛けソファに腰掛けており、私は何よりまず先に深く頭を下げる。

「樹奈が……私も、ごめんなさい。そして……ありがとう、綾人」

「……四年前のことを聞きましたか」

「はい、樹奈から。本来なら妹と共に頭を下げるべきところですが、本当に……」

私を五十男の慰みものにさせないために樹奈を抱いたなんて、思いもしなかった。

遅すぎる謝罪である。いつまでも顔を上げられない私に、綾人は「謝らなければいけないのは俺のほうです」と静かに口にした後、私を隣の席へ誘導した。おずおずとそこへ腰を下ろすなり、ソファの袖に置いた手に重みが重なる。男にしては綺麗な指先から、懐かしい温もりが伝わった。

「もちろん、あれから樹奈とはどうともなっていません。一度きりの約束でしたから。それが恋に見せつけるためのものだったとは、思いもしませんでしたが」

「……わかってた、なんとなく。心は裏切られてないって」

当時は綾人も私も未熟だった。何が最善かがわからず、致し方なく次善の策をとったのだ。

「責任を感じているなら俺と結婚を……と狡い手を使いたいところですが、最も傷つける方法で恋を守った自覚はあります」

綾人は昔からとても誠実な人だった。そして、真っ当すぎるまでの正義感を持ち合わせていた。

私が綾人をというより、今でも自分自身を赦せていないのかも知れない。

「今更何を……と、思っていますか」

「ええ、まぁ。また樹奈にそう強要されているんじゃ……」

「確かに、交換条件として縁談を申し入れたことは、褒められたやり方ではなかった。ですが、俺は俺の意思で君を欲しています。あの頃から、何一つ変わっていません」

綾人の声は、話し方は、相変わらず穏やかで、川のせせらぎを聞いているようで心地が良い。だけど、それこそ川のようにさらさら流れていき、本音が掴めなかったのも事実。

「恋をこの手に戻す日を目指して、これまでやってきました。兄を退けて副社長の座を手に入れたのも、あの母娘（おやこ）から恋を確実に引き離すため」

「どうしてそんなに私にこだわるの？　綾人なら、追わずとも女性が寄ってくるのに」

「――愛しています」

ふいに顎（あご）に指を掛けられて、無意識に唇が熱を持つ。普段飄々（ひょうひょう）としている分、こういった本音はことのほか胸に刺さった。

そこまで想っていてくれたことに、思わず涙すら滲む。だけど哀（かな）しいくらい、このシチュエーションに欲情しなかった。重なりそうになった唇の間に、すっと指を挟む。

「正直言うとね、そこまでして私を守ってくれた綾人に嫁ぐのが順当なのかもって、一瞬揺れたの。廉とはこの先どうなるかわからないし、本当の意味で結ばれることはないのかも。でも、だからって綾人にすがることはできないよ」

「豹牙廉――彼に一度『恋と結婚する気はあるか』と尋ねたことがあります。返答に困った様子でした。恋も繋ぎに過ぎませんよ」

「そう、かもしれません」

そんな廉も、現状では樹奈との縁談は不可避だろう。

「実際そうなったとしても、彼しか欲しくないんです。重症です」

　自分でも呆れてしまいつつ、心からの笑みが零れる。そんな私を見て、彼は表情を引き締めて一歩引いた。

「綾人にはたくさん助けられた。孤独な娘にとって、あなただけが救いでした。幸せになってほしい、心から愛してくれる女性と。だからこそ、せめて私はあなたに誠実でありたいと思います」

「……ですか」

　え？　と聞き返した私に構わず、綾人は続ける。

「年頃の女の子ならお洒落したかったでしょう。人並みに遊びに出たかったはずです。それがあの母娘のせいで何一つ与えられず、さらに子育てを押し付けられ、ついには悠という守る者ができてしまった。あの母娘を逆撫でしないよう、自己主張しないどころか身形までも偽るようになった」

　どこか他人事のように聞き入っていると、綾人の困り眉が視界を覆った。

「何一つ望まず、自分を殺してまで耐え続けた、そんな恋が唯一望んだものが、豹牙廉との恋ですか――」

　そこまで話して、気が抜けたとでも言うように綾人から盛大な溜息が零れる。

「なんとなく嫌な予感はありました。恋がありのままの姿で、豹牙廉の部屋から出てきた時から」

　綾人と再会した時のことだ。そしてあなたは見抜いていた。私が既に廉に抱かれたことを。

「あれだけ頑なに守ってきた恋の殻を、破ることができた唯一の男ってわけですか」

「……そう、なりますね」

——と言っても無理矢理引っ剥（ぱ）がされたようなものだけど。

気づけば本当に心も身体も丸ごと剥（は）がされてしまった。

「京極リゾートから、M&Aに関して正式な回答をいただきました。結城グループのホテル・プリンセスより、フリーランスの豹牙廉を選ぶそうです。つくづく、恐ろしい男ですね」

「そうでしょうか。豹牙が誰よりも京極のニーズを心得ていただけのこと。数字で計る売り上げより尊いことだと、私は思います」

綾人は利益を一番に考え、M&Aが最適だとした。もちろん儲けあってのビジネスだ、最善策だろう。だけど廉は、京極が意地でも手放したくなかった伝統を最優先に考え、その上で利益を捻り出そうとしている。

ホテル・プリンセス系列であるこのホテルを見た上で、改めて意を強くした。

——私もやっぱり、人の心が入ったビジネスのほうが好き。

なるほど、と確かに口にした後、綾人にしては乱暴な口調が微かにテーブルを震わせた。

「全てにおいて敵わないというわけですか。全く、妬くのも馬鹿馬鹿しくなるレベルの男ですね」

——本当に。

どの角度から見ても桁違いの男なのだと、しみじみ思う。近くに立つほどにその魅力は増し、愛されてしまえば、いつしか彼しか求められなくなっている。

ああ見えて意外にも嫉妬深くて支配欲が強く、案外一途なところがもうたまらない。

——恋（わたし）が欲しがった、たった一つの恋（こい）……

改めて言葉にすると、何か宝物のようにかけがえのないものに感じられる。

「これだけは覚えておいてください」

そう前置きをした綾人は、より一層慎重に言葉を紡いだように思えた。

「先程恋は、『俺を心から愛してくれる人と幸せになってほしい』と言いました。愛した人に愛されれば最高でしょう。ですが、全ての男女がそうだとも言い切れない。ならば俺は、自分が心から愛する人と結ばれたいと願います」

もっともな主張だった。私だって、目の前のあなたより、手に入るかもわからない王様と結ばれたいと切に願う一人である。

私の幸せは心臓ごと廉に掴まれてしまった。これから先、廉の隣に寄り添うことが許されないとしても、私は飽きもせず想い続けるのだろう。

——誰にも止められない。

「豹牙廉の立て直しが成功し、Ｍ＆Ａが事実上不必要となった段階で、総帥（そうすい）にお願いしたあなたと私の縁談も白紙になるでしょう。ですが、豹牙廉が恋を幸せにできないと判断した時は、誰でもない俺が、恋を貰（もら）い受けます。いいですね」

あえて返事はしなかった。それからたいした会話はなく、二人して窓の外で沈みゆく陽を眺めていたと思う。

口をつけずにいたミルクティーに、やっとのことで手を伸ばす。喉を通る優しい甘さは、憧れの先生と初めてキスをした——あの時の感情を思い起こさせた。

綾人と別れた私は、一人CEO室へ戻っていた。廉はまだ出先から戻っていないようだ。陽は傾き、しんとした室内は輝く茜色に染まっている。

シャワーでも浴びようと服を脱ぎ、花嫁用コルセットを外した。ヘアセットのために挿し込まれた黒ピンとUピンを、じれったいほど丁寧に抜いていく。

そうしてカールがかかった腰までの髪がふんわり舞った時だった。ソファの背もたれに脱ぎ捨てられていたワイシャツが目に入る。

――おっきい。

なんとはなしに羽織ってみたら思った以上にぶかぶかで、酷く胸が締め付けられた。

廉はだいぶ着痩せするタイプだ。スーツで隠れている腹筋や胸筋がこんなに凄いとは思わなかった。これを着こなす男に抱かれていると思うと……

――鼻血出そう。

なんて、馬鹿なことをしているうちに時間が過ぎていたらしい。玄関扉が開く音がする。慌てふためいた結果、気をつけの姿勢で彼を出迎えることになった。

「あ……廉。おかえりなさい。お父様と話せた？　今後の治療は……手術は受けられそう？」

「ああ。ついでに主治医の話も聞いてきた。来月手術を受けさせる。幸い、他の臓器への転移も見られないらしい。ただ、早い決断が必要だと」

「そう……良かった」

母ががんと診断された時には、既に手術適応外だったらしい。原発部位がまずかった上に、所々に転移していたと後から聞いた。同じ経過を辿らずに済みそうで、ほっと胸を撫で下ろす。

「いつ結城に？」

「週明けには戻る」

――そ、んなに早く？

「大変。すぐにでも業務の引き継ぎを行う必要がありますね。承知しました。私も全力でサポートさせていただきます。すみません、ひとまずシャワー――」

とにかくこの場から離れたいという乙女の事情は通用しなかった。肘を取られたかと思うと、あっという間に元の位置へと引き戻されてしまう。

次の瞬間にはクイと顎を摘み上げられ、廉が視界を独占していた。

「ドレスも悪くないが、おまえは飾らないほうがいっそう美しいな。しかもその格好は反則だ」

言われてみれば、素肌に男物のシャツを纏い、下はガーターベルト丸出しという、なんともはしたない格好をしている。

背後のCEOデスクへと押しつけられる。軽く肩を押されただけで、デスクに浅く腰掛ける姿勢となった。内腿に割り込んだ手に脚を開かれてしまえば、もう囚われるしかない。

「部屋に戻ってきて俺シャツ着た恋がいたら、とりあえず喰うだろ」

こちらを見下ろす視線はこの上なく猛々しく、それでいて熱っぽい。思わず喉が鳴るほどに。

「でも疲れて……」

「んなの吹っ飛んだ」

「早めに引き継ぎ作業に取りかからないと」

「今の俺の優先順位はこっちのほうが上」

「撮影用の厚化粧落としたいっ」

「どうでもいい」

拗ねていたのか、寂しさでどうしようもなくなっていたのか、もはや自分でも分別がつかない。

それをとうに見透かしていたらしい廉に、片腕で抱き込まれてしまう。

「泣き足らねーならあんだろ、ここに恋専用の胸が。いない間に俺のシャツ着るとか可愛いことしてんじゃねーぞ」

それから、王様が雄の正体を現すまで、あっという間だった。

「夜まで待てなくなんだろうが」

気怠そうに首を傾げた途端、無数の糸が無理矢理千切られて悲鳴を上げる。ネクタイの結び目を力任せに緩め、その流れでワイシャツのボタンを一気に全て弾き飛ばしたのだ。豪快としか言いようがない。

忽然と目の前に現れたのは、心酔するほど見事な肉体美だった。

――不安だよ。こんなの誰だって抱かれたくなる。

「本当、い（やらし）いカラダ……」

廉のサイズのワイシャツを纏った今、嫌というほど思い知らされた。バキバキに割れた腹筋に、盛り上がった大胸筋。筋肉質な胸にそっと手を当てると、廉は仕返しとでも言わんばかりに私の同じ場所に手を伸ばした。

「あっ……ん」

「もう指で扱ける。俺のシャツで発情してんな」

廉が触れた一点に意識を根こそぎ持っていかれる。

ワイシャツ越しに胸の頂を摘み、下からぴんと弾いて弄んでみたり、引っ張ったり捻ったり擦ったりと、やりたい放題だ。

「ん。ん……ん。んん」

唇を閉じていても抑えきれない声が喉を鳴らす。そのうち愛撫に負けた二つの蕾が赤々と浮かび上がった頃、強い刺激が身体を通り抜けた。

「ああ、恥ずかしいぐらい勃たせて。俺に丸見えになってんぞ」

ふと視線を下げると、熟した果実は「吸って」と言わんばかりに廉を向いてぷっくり膨らんでいた。ワイシャツ生地を押し上げ、すっかり形を露わにしている。

――こんなの、裸を見られるよりずっと恥ずかしい。

「俺がついていながら、どこがそんなに不安？」

「んっ……その〝俺〟には、来週からもう会えないもん……」

指を遊ばせつつ平然と会話が続くので、端々で甘い吐息が零れた。

廉は眉をひそめている。自分でも、らしくなく子供っぽい拗ね方をしてしまったと思った。わかってはいても、ブレーキを掛け損ねた私には、これを止めるすべなど持ち得るはずもない。

ＣＥＯデスクに浅く腰を落としたまま、腕と脚まで使ってぎゅうぎゅうしがみついた。廉の腰に素足をクロスする稚拙な仕草は、まるで駄々っ子である。

「れーん。そんな押し付けてくんな。布越しに挿入っちまうぞ」

「だっ……て、ほし、いっ」

「なら今日は自分で挿れるか？」

「だっ……め。廉がイったら終わっちゃう」

「〜〜〜れーーーん」

きっと呆れている。結城へ戻るよう言い含めて、物分りのいいふりをしておきながら——なんてザマだと。

最後くらい、いい女だったたって思ってもらいたかったのに。どうしても、心の扉の鍵がかけられないのだ。

——行かないで……っ。

言葉にしてはならない、ありったけの想いを込めてしがみつく。すると廉から盛大な溜息が溢れ、咄嗟に身体が萎縮した。

「〜〜〜ああわかった、そんな言うならカラダにしっかり刻み込んでやる」

力ずくで身体を引き剥がされ、そこでようやく自分が泣きじゃくっていたのだと自覚した。

目を上げると、廉は嫌な顔一つしていなかった。行き場をなくした私の腕を自分の首に掛けさせ、涙に俯く私をキスへと誘導する。なんだかんだ言って、面倒見がいいのだ。

「甘やかしてやるから来いよ、甘ったれ」

「レ……ン。ンぅ――」

あくまでも官能を高めるための、甘ったるい口付けだった。舌をなぞりながらゆったりまったりと絡み合う。吐息混じりのリップ音がなんとも艶めかしい。

キスに応えるのでやっとの私に、廉は平然と微笑む。何かを心待ちにするようでもあった。

そうして唇を重ねるうち、思考がとろんとしてくる。そして、絶妙のタイミングで次の熱が押し寄せた。

「ぁ。あ……んン！」

ぽうっと霞がかった思考では、むせるほど熱いその刺激がどこからやってきたかもわからない。気づけばクロッチが捲られ、甘い蜜が色欲の音を立てていた。

「ふ、ぁ……ん！　ぁんっ。や、廉そこ、なに……ぃ」

「痛……くはなさそうだな」

廉の指は太く長く、根本まで咥え込まされると私の最奥まで届いてしまう。

今までも刺激されたことのある場所ではあったが、今日はいつもと扱い方が違うようだ。押し込むというより奥の壁に揺さぶりをかける感じ。

それでも果てるにはまだ遠い。馴らしていると言うほうがしっくりくる。

――いつもはとことん弱いとこを攻めてくるくせに。今日はずっとおんなじとこ……

「奥、吸い付いてきてんな。腰よじってねだるほどいいの？」

「ん。じれっ、たい……廉」

「ん」

私が何度キスをせがんでも、廉は適当に扱ったりはしない。一度すがったら倍にして返してくれる。望んだものがきちんと手に入る——至高の充足感の中で、甘い快感がたゆたう。

「今日はとことん煽るな。全身でねだりやがって」

喉に詰まったものを吐き捨てるように、廉が言う。だけど知っている、知ってしまった。結局はまるっと受け止めてくれることを。そしてその大きな器の底に、煮え滾る獣心が燻っていることも、もちろん。

「ほら。腰を突き出せよ。俺によく見えるように」

こうなるとかなりタチが悪い。なのにいつもどうしようもなく私を昂らせてくるSの本能。太腿を根元からがっしり掴み、撫で上げるようにして私の膝を立てると、両の爪先をデスクの縁に固定させた。

言われるがまま仙骨に力を込めれば、もう私の恥じらいなど無力に等しい。キスで存分に潤った唇が、ゴールを見極め一直線に私の身体を下っていく。唇から顎……胸を通り越しておへそ、と。

「手でしっかり支えてろよ？」

「え……レ、ン……？」

間もなく広げた脚の間に顔を埋められようという時、淡い希求が過った気がした。けれど、なんとなく次にされることがわかってしまって、咄嗟に廉の頭を掴む。

「廉っ、やだ、ぁ。そんなえっちなことしな……で」

「今更だろ」

指も挿入ったままだ。おまけにそれまでされたら……。そんな私の焦りなど、廉は歯牙にもかけない。

――いっそのこと、脱がせてくれたらいいのに。

サイドに寄ってくしゃくしゃになったクロッチ。そこから覗いたおねだりの実は、空気に触れるとあっという間に廉に懐いた。

羞恥を覆うささやかな包皮を親指で容赦なく剥き上げた廉が、露わになった敏感な果実をあえて私に見せつけるのだ。剥き出しにされたそこは芯を持ってつんと主張し、物欲しげに廉を誘っていた。

「こっちも甘えた」

「や。そんな見ちゃだ、め……え」

剥かれて酷く敏感になった花芯も、ずっぷりと指を咥え込んでいるところまでも、全て丸見えなのだろう。どこもかしこもとろとろの秘部を恥辱的にじっとり見つめた後、廉は、愛でてほしそうにぷっくりした果実に、悦んでキスをする。

「ぁんっ」

「こんないやらしいもん見せられて、弄るなってほうが無理」

「ぁふっん。そんなとこで喋らないでっ」

「ああ、ずる剥けだもんな。刺激が強いか？」

「あ。だ……め、え……」

――吐息が触れるだけで飛んじゃいそう。直接されたらひとたまりもない。

脚の付け根に完全に埋まってしまう前にと、廉の頭を力いっぱい押し返す。しかし余裕で女の力を圧倒した男は、悪戯っぽく口角を引き上げて私をひたと見上げたのだった。

「なら、今やめてほしいこと口に出して言ってみ」

相変わらず扇情的な目つきにいやらしい口元。いつもと同じはずなのに、今や愉しんでいるようにすら見えた。

そんなドSに流されたい私も、どうかしている。

「っ――廉。ここ。すっ、たら、だめ、だよ？」

初めて声にした台詞に涙腺も声も震える。一度口にしたら耐えきれないほどの羞恥に襲われ、きゅっと唇を噛んだ。

顔から火が出そう。純粋さを装って両手で顔を覆ったとして、廉は情けを掛けてくれるだろうか。

「～～～やめたくなくなった」

「っひぁ！」

掛けてくれるはずがない、この男が。

なんとも言いがたい快感が全身を突き抜ける。それこそ髪の毛の先まで伝わるほど。

廉はそれを舌先でひと舐めした後、ぱくりと口に含んでいた。私のつるんとした花芯を根元まで喰らい尽くそうとでも言うように。

――嘘つき。嘘つき……どうしよう、めちゃくちゃきもちいい。

「～～～甘やかしてくれるんじゃなかったの？」

「優しくしてやるとは言ってない」

真顔でそんなことを言って様になる男は、なかなかいないと思う。流された、というより圧倒されたに近い。

咥え込みつつ根元から舌でしっとり嬲る。たまに甘噛みして私を試す。それから、隠すことさえままならない私の表情を、目で舐るように観察するのだ。

――たまらない。

そこからは完全に理性も、羞恥すらも崩壊していたと思う。

「ふ、ぁ。あ！　指挿れながらそんなに吸っちゃ、あ～～～！」

「好きだな。これ」

「す、きっ。なか擦りながら吸うの、だ、め。わけわかんなくなっちゃ――――ンぁあっ」

甘ったるい声が止まらない。絶え間なく溢れていく。自ずとデスクについた両手に力が入った。

掴める場所もない平らな木板を何度握ろうとしただろう。

――こんなの、果てないほうがおかしい。

その時はすぐに訪れた。廉は女の身体を知り尽くしているに違いない。

「……あ。も……イく。ぃっちゃうっ。ぁ、あ。んン〜〜〜！」

ひときわ強く吸い込まれ、続けて歯を立てられて、目の前が真っ白になった。

ぴくぴくと跳ねる肢体を支えることでいっぱいいっぱいの私と、吸い上げたそこに愛おしげにキスを落とす廉。

感情が昂り、呼吸も思考も定まらない。

「はぁ、ん。レ……ン」

「ああ、奥から溢れてきた。しかも喰われたそうに子宮がおりてきてんぞ。本当、俺に吸われんの好きな、おまえ」

わざと耳元で囁かれ、心臓も子宮も勢い良く飛び跳ねる。対して、思考にはみるみるとろみがついていく。

「……ぁ。すき。廉のえっちな吸い方……しゃぶりつくみたいなの、だめ。きもちっ」

「〜〜いい感じにわけわかんなくなって。えろ可愛い恋は大好物だ」

しとどに濡れた指を潤った唇で拭う。その淫猥な仕草を前に、思わず息を呑んだ。

どうやら、よどみなく計算し尽くされた快感のレールに、完全に乗せられてしまったらしい。危うく喉から漏れてしまいそうな声を、指を噛んで阻む。

——も、ほし、ぃ……

「〜〜〜おい、どこで覚えてくんだ、そんな甘え方」

食いしばった歯の間から唸るように言って、廉は長めの前髪を乱暴にかき上げた。そして私の両脚を、立ったままの自分の肩上へと導く。

無造作にベルトを緩め、ボクサーパンツをこれでもかというほど押し上げていた雄の情熱を取り出す……その手つきまでもが私を魅了するようで、見えない鎖にでも繋がれたかの如く身じろぐこともできずにいた。

――挿入る……？　これ……。って、いつも挿入ってるんだけど。

今更ながら、初めてまじまじと眺めた。見事に反り勃ったそれは隆々と猛々しくそびえ、はちきれんばかりに脈を打っている。

乏しい経験値でも規格外のサイズであろうことは想像できたが……いつもこんなに大きなものでめちゃくちゃにされていたのだと再確認すると、思いがけず喉が鳴った。

「欲しい？　これが挿入るとこ、自分の指で広げてみ」

――変態。

その眼差しに遠慮などない。濡れそぼった羞恥の源泉へと私の手を誘導し、焚き付ける。

言い出したら聞かない男だ。おずおずと花唇に指先を添え、格好だけでもして見せたのだが、私が甘かった。廉はあえて紳士然とした表情を纏い、鼻を鳴らすのだ。

「俺のはそんなもん？」

――ドS。

徹底して私に欲しがらせる気だ。かく言う私も、廉が恋しくてどうにかなりそうである。

とは言っても、天を衝くようなそれが挿入るようにとなると相当思い切らなければならない。

「……この、くらい？」

期待の眼差しを肌に感じながらも、恥じらいを押し殺して今度はきちんと広げて見せる。サイズ感を確かめたくて、開いたそこを廉の先に擦り付けた。すると、廉はたまらないといった表情をする。たまらないのはこっちだというのに。

「え、ろ……」

そう呟いた廉の声は、苦痛にも似た切ない色を帯びていた。

深く息を吐いた廉が、自身の剛直を押し進める。その時、淫華に押し当てられた熱に、馴染みのない感触を覚えた。

「……廉――？」

ふと顎（あご）を上げると、これまでに見たことのない表情の廉が私の目を覗き込んでいた。私の片手を取り、自分の頬へと触れさせる。

「恋。おまえだけだ」

廉が差し出した言葉はシンプルかつとてつもなく胸を打つものだった。

私の覚えた違和感は、廉が毎回欠かさなかったものが今はないことを示していた。甘く熟れた秘所はありのままの雄の熱を直に感じている。

時折私達の間で音を立てるそれがどちらの蜜かももうわからないのに、無理矢理奪おうとはしない。身勝手なのか優しいのか。それでもこれがあなたなりの〝甘やかし〟なんだと思うと、愛しさがこみ上げて仕方ない。

「廉だから……いいよ」

熱に浮かされた濡れ声が、自然とそう誘った。これに満足げに口角を上げた廉が、肩に乗せた私の脚を再び手に掴む。一度引き寄せられてしまえばもう、声が止まらなくなった。

「ぁ……ン。あ！　ンぁ～～～」

じっくり呑み込まれていく——理性も不安すらも。今まではぬるりと挿入っていっていたものが、ごつごつとした摩擦によってじれったさを高める。その過程がなんとも生々しい、だけど。

——きもちいい。どうしようもなく。

これから離れ離れになるというのに、身体の芯から恍惚が湧き上がる。こんな骨抜きにするようなセックスは狡い。

「れーん。そんながつがつ喰いついてくんな、奥までいけねーだろ」

「だって……っ、なんだか……っ」

「な。最高。なかぐちゃぐちゃなのにすげー圧。悦すぎて俺が飛びそうだ」

時間をかけて最奥まで到達した頃には、二人とも肌が上気し息も上がっていた。廉が腰を折って私へ覆い被さり、一層密着度が増す。

——この体勢、いつもより深……い？

先程も指で同じ最奥を刺激されていたはずなのだが、廉の言う『子宮がおりてきてる』が真ならば、今はそれを力ずくで楔が押し戻しているとも言えるだろう。

実物を目視で再確認してしまったからか、余計にお腹が窮屈で苦しくて……なのに、しきりに廉を締めつけて、もっと奥へと急かしているのは私のほうだった。

「おまえ煽りすぎ。わかる？　最奥で俺の先に吸い付いて甘えてんの」

言葉と共に私のおへその下がぐっと押し込まれ、中で脈打っているものの形を意識してしまう。

『おまえだけ』――行為自体はいつもとなんら変わりないのに、勝手に廉を独り占めしている心地になって、カラダがきゅんと縮んだ。

「わかったわかった、甘えた。今動いてやるから。あーくそ、相性が良すぎんのも考えもんだな。止まんねーし、どんだけ抱いても足りる気がしねー」

「あっん！」

ちゅっと私の口を覆うようなキスを落として、廉の唇は首筋を下る。鳥がするようにシャツを啄み、隠れていた胸の膨らみを舌でなぞっていく。そして、それはつんとした蕾へ辿り着いた。

唇と舌両方で巧みに攻められ、我慢できずに腰が跳ねる。

「ふ……んんンっ」

――あ……思いきりしゃぶりつかれてる……っ。

剥き出しにされたままの花芯にまで手が伸ばされた。散々吸い出されてとっくに熟れ切っていた赤い果実は、二本の指に挟まれてぷるぷると悦んでいるようだ。

そうする間も、散々指で馴らしぐずぐずになった最奥を絶え間なく激しく打ち付けられる。

互いの肌がぶつかる音よりも、二人でかき混ぜ合うはしたない音のほうが幾らか大きい。密着している体位のせいか、今日はやけに遠慮なくごつごつと中央の的に当ててくる。

両手、唇、男の楔（くさび）……可能な限りを尽くし、そこかしこに愛撫を仕掛けられ、とても、快感が追いついていかない。

「あ……ぁ……奥が……なんかへんっ、だめ、もうイくっ」

「ああ、とりあえずイっとけ。そのうち止まんなくなる」

「なっに？」

「ほぐしといた最奥のここ。女がなかで一番気持ちいいとこ」

その言葉は大袈裟ではなかった。連続でイきっぱなしになるまで、そう長くは要さなかった。指で丁寧に柔くされたそこを、数回突き上げられるたび、絶頂へと招き入れられる。

三度目以降はもう、わけがわからなくなっていた。

「……ふっぁ。またっだめ。行（イ）っちゃ、やだ……。終わっちゃうっも……ん」

「〜〜〜離すかばーか」

断続的に響く肌を打ち付ける音。喉がカラカラでも不思議と潤う声色。力任せに突き上げられるたびに滴（したた）る汗。

何十分そうしていたろう。果てすぎて意識が朦朧（もうろう）とすると、廉はそのたびに手を重ねて私を引き戻す。ふと、その手に力が込められた。

――繋がったまま、恋人繋ぎ……

「恋。出すぞ」

はっきりとそう口にされて、目の前が眩いばかりの光に包まれる。

違和感に気づいた時から、もしかして、という気はしていた。返事の代わりに繋いだ手にありったけの力を込める。

「「一緒に――」」

目を合わせ、唇を重ねては欲情を擦り付け合い、劣情を吐き出す――

「恋」と、苦しそうに私の名を呼んだ後間もなく、共に達した。

――あった、か……い……

廉はそのまま暫く抜こうとはしなかったし、私もずっとなかにいてほしいと願った。

一秒でも長く繋がり合っていたくて、余韻を貪るように何度も、何度でもキスで愛を確かめる。

「これ以上に何がある。これが俺の覚悟だ、覚えとけ」

――廉。廉……廉。

声にするのも惜しい。声にならないほど愛おしい。

余裕を見せていたかと思えば独占欲でガチガチに固められる、窮屈さがやけに愛くるしい。

廉のセックスは相も変わらず恥辱にまみれていて、だけど限りなく得難い倖せそのもの。

甘やかされたカラダ中に刻まれた廉の印。それは紛れもなく、王様の誓い――

行く春を惜しむ間もなく、薫風爽やかな季節が訪れた。ホテル敷地内の新緑は青々と生い茂り、職場にもまた生命力がみなぎっている。廉と激情を交わし合ってから、一ヶ月ほどの時が過ぎた。

実家に帰れない私に、スイートルームを使えと廉は言ったけれど、あなたがいない部屋はただ広いだけで寂しい。結局一週間も経たず、父と悠が宿泊するホテルへ身を寄せることとなった。

現在はチームメンバーと同様、勤め先としてCEO室へ通っている。

「なんだか最近、屋上がうるさくないですか？」

「恋ちゃん知らなかった？　屋上にプールを作るんですって」

屋上にレストランを新しく作るとは聞いていたが……プール⁉　思いがけず口がぽかんと開く。

「な？　そういう反応になんだろ？　廉がいきなり屋上にレストランバーと水上チャペルを作るとか言い出してさ。何度言い合いしたか」

「拓真は倹約家だものね～。実際、莫大な工事費はかかるし。でもその思い切りの良さ、さすが廉ね。どのホテルにもないウェディングプラン、やってみる価値はあると思う」

廉が抜けたチームはいつも通りのように見えて、実のところその穴は相当大きい。

京極の一件についてCEOのポジションは空席となり、拓真さんがその役割を引き継いだ。私は拓真さんのサポートをしつつ、京極リゾート社長への報告係として期間限定の秘書をしている。

「しかもこのウェディングプラン名、まじねーわ。クッソ、あいつ、趣味で仕事しやがって！」

「まぁまぁ。いーじゃないの拓真。私は素敵なプラン名だと思うわ」

「私もそう思います。まるでお二人のためのプラン名ですね」

穏やかに微笑む緒方先生に、お礼の意味も込めて目を細める。

動揺を避けるため公には豹牙廉は長期休暇をとっていることにし、いずれなされる正式発表まで、廉の正体はことさらメンバーだけのトップシークレットとなった。

本案件が終了したらチームはどうなってしまうのだろう。廉が戻らないとなれば、本件を終えた時点で解散に違いない。誰も口にこそ出さないが、不安を拭い切れずにいる。

当然、私事でチームを外れることに、廉はとても心を痛めていた。だからこそ、残りの数日は二人で徹夜をしてこれからのプランを作り上げたのだ。

ホテルの改善点から新設設備、従業員の教育方針、新ウェディングプランにショッピングモールの活用など――こと細かに記された事業計画書である。廉が旅立った日から一年後の京極リゾートまでのサクセスストーリーが描かれている。

――どこまでも完璧な男。

責任感の問題もあるが、本心ではこの一件を成し遂げたかったに違いない。深々と頭を下げたボスを責める者など一人もいなかった。

廉がいなくとも立て直してみせる――と、今日もチーム一丸となって身を粉にして働いている。

「あ、そーだ。さっき廉から連絡が来たの。結城新総帥（そうすい）の披露パーティーをうちのホテルでやってくださるそうよ。なんと予算一千万」

「一千万ん⁉　なんかあれだな、改めて身分も次元も違うっつーか」

「さすが、仕事が早い。廉さんもついに結城グループのトップですか……いやはや、お見事ですね。

戻られた後もこちらの収益にまで気を配られるとは」

「本当よ。売り上げ以上に、結城グループのお墨付きがもらえるなら、このホテルにとって十分なステータスになるわ。リニューアルオープン時期に最高の贈り物ねー」

全ては順調だった。これを機に持ち直せば、ホテル・プリンセスもとい綾人の手を借りるまでもなく、京極リゾートは安泰だろう。

「……いつ、なんですか？　そのパーティー」

きょとんとして話に加わる私の発言で、一同動きが止まる。

「恋ちゃん、聞いてないの？」

「はい。あれから連絡取ってなくて。今の廉には集中できる環境が必要かなって。でも、ある程度覚悟はしていましたから」

「や、どんなに忙しくたって電話ぐらいできるだろ。まとまった時間を作るのが難しいならメールでもいいしさ。そんな遠慮しなくても」

「今じゃないんです。きっと」

「恋ちゃん……」

連絡をとらないことを薄情だとは決して思わなかった。お互いわかっていたのだ。言葉を交わせば……声を聞いただけで……溢れる想いを止められなくなってしまうと。

たぶん私は、我儘を撒き散らして泣いてしまう。

「パーティーは四週間後のリニューアルオープン当日、六月一日よ。会えるよ、恋ちゃん」

「っ――はい」

廉が残してくれた言葉と印。その二つの誓いからして、そういうことなんだろう。だからひたすら、いつかまためぐり逢える日を夢見ている。


そんなある日、とある父子が当ホテルのエントランスをくぐる。私が招待したのだ。一緒に暮らしているので久しくもないのだが、二人の姿に自然と顔が綻（ほころ）んだ。

「――あ、恋いた！　ここが恋が働いてるホテル？」

「悠……いらっしゃいませ、お客様。お父様も、仕事と悠の相手でお疲れでしょう。たまにはのんびりしてくださいね」

リニューアルオープン並びにショッピングモールのグランドオープンは大々的に発表され、今や当ホテルは注目の的だ。

しかしながら、当日まで新規客の予約は受け付けず、お得意様や過去挙式を行ったご家族、そして従業員の家族のみを無料同然の価格で招待することとなった。

これも廉のアイデアである。世間を騒がせている期間に宿泊させず、ホテルへの期待と、実際に体験できないもどかしさを存分に膨らませる――いかにも欲求を掻き立てられる、ドS戦略だ。

「最近は恋がいてくれるから助かっているよ。今まで悠の面倒を全て見てくれていたんだな、本当に何も知ら――」

「お父様。それはもう何回も聞きました」

「そう、だったかな」

「お部屋のキッチンが汚すぎて笑っちゃった」

「料理なんぞしたことないんだ。何度も言わせるんじゃない」

こんなたわいもない会話ができる日が訪れるとは思わなかった。

仕事ばかりで家庭を蔑ろにしていた父が、悠とホテル生活を始めて、家族の時間を作るようになった。表情も随分と柔らかくなったと思う。正直父子三人のホテル暮らしはとても充実していた。

「ところで豹牙CEOはどこかな。世話になるからにはご挨拶をしたい」

「あ、いえ、豹牙は只今長期休暇をいただいておりまして、本日こちらには……」

「近頃になって結城の本体がどうも騒がしい。関係があるのかな？」

思わず目が泳いでしまう。仏頂面を崩さなかった娘の表情に浮かんだ動揺を、父は見逃さなかった。穏やかな顔をして、やんわりと微笑む。

「そうか。やはり彼は結城総帥のご子息だったか」

「……ご存知、だったのですか」

話によると、昔結城家にて幼い頃の廉を見掛けたことがあったそうで、当時からたぐいまれな高貴な瞳をしていたと言う。数十年も前のことなのに、相当印象深かったに違いない。

豹牙と名乗ることになんらかの事情があるのだろうと、今まで腹に収めていたようだ。

「継ぐのか、いよいよ」

市井も結城グループの一員である。それも、グループを代表する企業の一社だ。市井のトップならば、結城の内情が耳に入っていてもおかしくはなかった。

「そのようです。グループ内にも近々正式発表があるかと」

「……無知にも程があるな。あいつは結城のトップを娘婿にしようとしているのか。全く、馬鹿げたことを」

前に一度、廉と父を対面させたことがあった。思うに、父の中ではその時まで、樹奈の婚約者の豹牙廉と、結城総帥（そうすい）の息子は、一致していなかったのだろう。

「心配せずとも、樹奈との縁談は白紙だ」

「ですが、結城総帥（そうすい）が」

「ああ、覚書だな。廉くんに見せてもらったよ。私の実印まで持ち出すとは、勝手なことを」

私が認識している限りでは、父と廉が顔を合わせたのは悠に会いに行った一度きりである。

「どこかで廉とお会いに？」

「一ヶ月ほど前だったたか、廉くんが私を訪ねて来社したことがあってね。恋の戸籍について確認したいことがあると」

——私の戸籍……？　本当に愛人の娘かどうか確認するため、とか？

「いいな、彼は。抜群のビジネスセンスだけでなく、私と違って度胸も、並外れた包容力まである。悪いようにはならないよ、安心なさい」

——安心、か。

父の前で口にするつもりはないが、どこへ行っても「愛人の娘」のレッテルは私に付き纏（まと）う。学校、ご近所、世間体――それこそ廉が確認した戸籍だってそうだ。一生消えない傷痕……

「ですが、結城総帥は樹奈との縁談を機に、彼を結城へ連れ戻そうとしていらっしゃいました。樹奈と結婚するしないにかかわらず、いち財閥の頂点に立つ男に愛人の娘は相応しくないことくらい、心得ているつもりです」

「恋……」

理解が及ばない会話に退屈した悠は、ホテルスタッフに施設を案内してもらっていた。

お陰様で好奇心、探究心ともに旺盛に育ってくれた。「これは？」を繰り返し、スタッフの説明を受けている。我が子の成長を微笑ましく目で追いつつも、心にはぽっかり穴が空いていた。

やはり私には夢を見ることすら赦されないのだろうか、と。

「確かに、おまえの境遇は、世間様にとって格好の餌食だろう。以前の身形からして、長い間耐えがたい扱いを受けてきたということもわかっている。全て私の責任だ、申し訳ない」

「いえ、そんな」

――やめて、頭なんて下げないで。

家庭があるにもかかわらず、身寄りもなく途方に暮れていた私に生きる場所をくださった。あなたには心から感謝している。

「今まで随分と辛い思いをさせたね。悠もそうだ。あの子は私が責任を持って守ると約束する。だから、これからは恋の思うようにやりなさい。私も全力で支えよう。自分が一番幸せになれる選択をしなさい」

「お父様……」

「よく聞きなさい。恋がめぐり逢った男は、全てを受け止めるだけの力を持っている。そして彼ならばじきに絶対権力者——王となる。つまり無敵だ」

珍しく声を上げて笑う父に、つられて口角が上がっていた。

「一つ、友人の話をしよう」

前置きでこうきたならば、その友人というのは大抵自分のことだ。

「その男には心から愛する女性がいた。とてつもなく魅力的でね」

「私に似ている女性ですね」

「……どんなに愛し合っていても二人が結ばれることは赦されなかった。男の家は恋愛結婚を許さなかった」

義母とは政略結婚だったと聞いた。当時父は市井オート唯一の後継者だ。一般家庭に生まれた母は、結婚相手として分不相応だったに違いない。

「それでも、その女性が子を宿したとわかった時は二人して泣いて喜んだ。毎日のように子供の名前を考えていた。倖せだった……」

母は辛いことばかりではなかった。少なくとも父に愛されていたひとときは倖せだった。……なんとなくわかっていた。愛人の娘であっても、決して望まれない子ではなかったのだと。

「この娘の名前には、私達が叶えられなかった、どんな障害も身分すらも超えて、恋をしてほしいと〝恋〟という字を選んだ。そしてその恋が実りますようにと私も玲も願をかけ——〝こい〟と読ませず、あえて〝れん〟と名付けた」

「……ご友人の？」

「友人が、だ」

くすと息を吐くので精一杯だった。必死だった、涙を堪えるのに。

――初めて聞いた、そんな話。

「私はね、恋。いつかこの娘を奪いに来る男が現れたら、一発殴ってやろうと決めていた」

もう誰ともわからぬ友人に押し付けるつもりはないらしい。拳を掲げ、やる気をみなぎらせているようだが、視界がぼやけてその姿はほとんど見えてはいなかった。

「いずれ落ち着いたら、殴られに来なさい……と伝えなさい」

「総帥を殴って大丈夫ですか？」

「だ、だったら相撲でもとるか」

「廉は元ラガーマンですよ。分が悪いかと」

「そ、うなのか？」

「お父様もお年なんですから、お体を大切になさってください」

「言ったな？」

「――ありがとう。お父さんっ」

――もうだめ、止まらない。

堪えていたものが、何年も心に降り積もっていた涙が、ぽたぽたと落ちていく。すると、少し離れたところにいたはずの悠が、慌てて駆け寄ってきた。

「恋！　どうしたの？　なんで泣いてるの？　恋を泣かせる奴はお父様でも許さないんだぞ！」

「悠違うの、大丈夫。嬉しくて泣いてるの」

「嬉しいのに泣くの？　なんで？」

本当に優しい子だ。悠はまだ悲しい涙しか知らない。きっとこれから色んな世界を見て、様々な体験をして、違う色の涙を知っていくのだろう。

――それらがどうか、悠にとって優しいものでありますように。

「お。強そうな騎士(ナイト)が来たな？　そうか、そうやっておまえ達はお互いを守ってきたんだな。よし、私も大きな決断をしよう」

両方の腕に悠と私を抱き、父は笑っていた。状況が理解できていない悠も、合わせて笑う。それを見ていたらまた涙が出た。

家族とは本来こういうものであってほしいと、願わずにはいられない。

その後、父も悠も当ホテルのサービスに大変満足したようで、二泊三日の滞在期間を終え笑顔で元のホテルへと帰っていった。

パーティー開催日まで三週間以上。目的が明確に示されてしまうと、時間の進みが遅く感じる。

――待ち遠しい。

離れている時間が愛を育てると言うけれど、それは本当らしい。こんなにも恋しくて仕方がない。

廉はそれどころではないと思うけれど。

とは言っても、父と話せたことで少しだけ心に余裕ができていたのは確かだった。

またある日、招かれざるお客様が来館するとも知らず。


「――えー、このホテル、クスミティーも置いてないのー？　ロシアの貴族に愛された紅茶よ。もー、立派なのは建物だけー？」

「も、申し訳ございません！」

「樹奈、それくらいにしてあげなさいな。今後うんとお世話になるのだから。……まぁ、世間を騒がせているほど大したことはないわね。樹奈、本当に良いのですか、こちらで――いえ、ここでなくては、駄目ね」

着々とオープンの日が迫り、ホテル館内もいよいよそわそわし出した、ある日のことだった。

コンシェルジュの村上さんに呼ばれ、信じられない思いでロビーラウンジに駆け付けると、本当にいた。

――樹奈……と、お義母様。

「ですがお客様。先程申し上げた通り、当面は予約で一杯でして」

「この子はかの市井オートの令嬢ですよ。何より、こちらに大変貢献していらっしゃる豹牙さんのフィアンセですの。それでも一般人の予約のほうが大事だと言うのですか、このホテルは！」

「市井様……豹牙ＣＥＯの？　い、いえ、滅相もございません！」

ホテルの顔となる場所で、困ったお客様はスタッフにネチネチ悪態をついている真っ最中だった。

私を案内してくれた村上さんが肩をすぼめつつ、ことの顛末を語り出す。

「先程から豹牙CEOを呼べと煩くて。休暇中とお知らせしても信じていただけず、取り急ぎ朝比奈さんに頼ってしまいました。申し訳ございません」

「気にしないで。助かりました」

「お引き取りいただきましょうか？　全身高級ブランドで身形は綺麗ですけど……なんだかまるで品がないです、あのお客様」

「ありがとう、大丈夫。私が対応します」

視界に入る全てのホテルスタッフが迷惑客に注目していた。滞在中のお得意客も多く見られる。とにかく一刻も早くあれをどうにかしないと、ロビーの空気が悪くなってしまう。村上さんにはここで待つようお願いし、今一度気を引き締め、そこへ足を向けた。

「いらっしゃいませ、お客様」

「うわ、出た。お姉様！」

――「うわ」はこっちの台詞だ。

「あら恋さん、いらっしゃったの。豹牙さんと樹奈の縁談が確実なものとなって白旗を上げている頃かと思っていましたのに、案外お元気そうね。綾人お坊ちゃんと、その後いかがです？　まぁ、市井を出る者にそこまで興味もありませんけれども」

義母の小言はもう聞き慣れた。右から左へと通り抜けていく。迷惑客の相手をしてくれていたスタッフの肩にそっと手を当て、一歩前へ出た。

「……お恥ずかしい限りですが……義母と異母妹なんです」

「朝比奈さんの？　でも、市井様と……」

「本日は満室でしたよね。私からお話を――」

「いえ、それが、当ホテルで挙式をされたいと」

――え……？

「廉様ねーえ、結婚式は樹奈の好きにしていいよって。全部任せるって言ってくれたのぉ」

――私には「勝手にやってろ」と聞こえるけど。

「しょうがないから、廉様が働いているホテルでしてあげよーかなぁって。樹奈っていいお嫁さんじゃない？　大丈夫、お金は全部市井持ちよ。予算は八百万ってとこ。売り上げに貢献してもらえて、お姉様も嬉しいでしょう？」

「恋さんのお勤め先でなんて、本当は挙げたくないでしょうに。樹奈の優しさには涙が出るわね」

――つまり私に見せつけるためにここを選んだのね。

この母娘は全く相変わらずである。行動が読めすぎて、むしろありがたい。

「豹牙さんを出してくださる？　あなたや従業員では話にならないわ」

「あいにく豹牙は暫く休暇をいただいております」

「恋さんのお気持ちは十二分にわかります。豹牙さんを奪られた腹いせに、樹奈に八つ当たりしたいのね。ええ、豹牙さんは滅多にお目にかかれない男前、稀有な殿方ですもの。手離したくありませんでしょうね。ですが、そもそもあなたには分不相応のお相手です。立場を弁えなさい」

――長い。

それにしても「豹牙、豹牙」と。この期に及んでまだ知らないのだろうか。フィアンセなる相手の素性を。心底呆れる。……そういえば、結城総帥が作成した覚書にも〝豹牙〟と記載されていた。

――ミス？　息子の名前を？　あんなに短い文言の中で？

廉も覚書を手に取った時点で気づいていたはずだ。にもかかわらず、何故サインまでしたのか。自分は総帥の息子だと明かせば、縁談などどうとでもできるだろうに。

――あえて隠してる？　何故。なんのために。

理由がなんであれ、結城総帥の手の内が読めないうちは私の口からは明かせない。喉から出そうになった数々を一旦胸にしまう。

「ウェディングはお陰様で半年先まで予約が埋まっております。お引き取り願えますでしょうか」

「こちらは六月のジューンブライドでないと困るんです」

「では他の式場を当たられては？」

一言ずつ言い返してやりたいのは山々だが、場所が悪い。いち社会人として波風を立てぬよう丁重にお断りしたつもりだった。けれどこの母娘がすんなり応じるはずもない。

「なんです、その人を見下した顔は。本当に小憎たらしい。少し小綺麗になったからと、態度まで大きくなって。予約を空けるのがあなた方のお仕事でしょう。私は市井の妻ですよ？」

「ええ、誰よりもよく存じ上げております」

「悔しいのはわかるけどぉ。そろそろ負けを認めたらぁ？　愛人の娘の分際で廉様にまで取り入って、見苦しいわよ、お姉様」

「そうよねぇ、樹奈。ほーんと愛人の娘の癖に自分を何様だと思っているのかしら。以前の身形のほうが余程見られたわ。その性悪顔、あの女にそっくり！」

――あ。それ言っちゃう？

私を蔑む発言はもう慣れた。いくらでも上からどうぞ。だけど、母を悪く言われるのはたまらない。

「愛人の娘には生きる権利もないのですか」

「そうとは言ってないでしょう。ここまで生かしてあげたのは誰だと思っているのです」

「お父様です」

「樹奈にお祝いの言葉の一つもないなんて。冷たいわねぇ、恋さん」

「何を祝えと」

「――っ。親に向かってなんて口の利き方ですか、この穀潰しが!!」

言い過ぎた、つい逆撫でしてしまった。興奮した義母の怒鳴り声が館内中に響く。

そうは言っても私にも譲れないものがあった。あくまでも冷静に、ゆっくりと口にする。

「親？　お義母様に育てていただいた覚えはありません」

「私達の財産でのうのうと生きてこられたのでしょう。同じことです」

「父の家系と父が築いた財産です。あなたも市井に嫁いだ身、私と同列ですよ、お義母様」

「――っ！」

「みなさぁ〜ん！」

一つ口を塞げばもう一つの口が開く——もぐら叩き状態である。挙句に樹奈ときたら、手を拡声器にして館内中に呼び掛ける始末。

「この女性、市井オート社長の、愛人の子供なんですよお〜。このホテルはそんな下賤な方を雇用されてるのぉ？　樹奈びっくりぃ！」

恐らく注目する全ての人が、繰り返し強調されたワードに何かしらの感情を抱いているだろう。チームがあり続ける限り、その一員でいたかった。京極リゾートのサクセスストーリーを間近で見届けたかった。廉が託してくれたものを、この手で成し遂げたいと強く思っている、今でも。だけど、公衆の面前でこうなってしまったら、この職場も今日限りかも知れない。愛人の娘など、ホテルのイメージに傷をつけるだけなのだから。

「あら。どうなさったの？　お姉様、随分と怖い顔ね。また樹奈を叩くのぉ？　皆さんが見てる前で！」

「そうね。それもいいかも」

いい気になった樹奈に笑みを返しはしたが、手は出さなかった。ここでは仮にも〝豹牙廉の妻〟で通っているからだ。

「……心底くだらない」

「「はい？」」

「どこまでも恥ずかしいと言っているのです、お義母様も樹奈も」

「な、んですってぇ？」

「私を貶めるだけのためにご苦労様、と言いたいところですが。先代から築いてきた地位、名誉、財産――あなた方は市井を潰されたいのですか。こんな公の場でペラペラと身内の恥を晒すなど、もっての外です。恥を知ってください」

どんな苦境にあろうと、耐えがたい扱いを受けようと、じっと大人しく堪えてきたつもりだ。ホテルの立て直しは順調。こけしフル装備はお役御免となった。悠はお父様が守ってくれると約束してくださった。私にはもう、偽らなければならない理由は一つもない。

――身一つで闘える。

「そして廉についてですが。仮にもフィアンセだと言うならば、樹奈の言動は豹牙廉の評価に直結します。それはお義母様も例外ではないはずです。意地でも関係者を名乗るおつもりでしたら、今後廉の価値を下げる言動は一切慎んでいただきたい。それすらお気づきでないところが特に致命的です」

「なっ……。評価を下げると言うなら、恋さんのほうでしょう。愛人の――」

「そうですね。ですが、少なくともあなた方よりは常識を弁えているつもりです」

「っ――」

不思議なものだ。十一年間噤んできた口から、呼吸をするように言葉が噴き出す。

「当ホテルは現在、確かに厳しい経済状況にあります。しかしながら、先代の想い、人と人の繋がりを、金銭より大切にしてまいりました。だからこそこうして本日も、お得意のお客様がこぞって足を運んでくださっています」

　もはや口を挟む隙を与えるのも惜しい。今一度呼吸を整えてから、一気に捲し立てる。

「常識も品もないあなた方と一緒にされたくない。何ヶ月先だろうが、あなた方のウェディングを当ホテルで行うことを断固拒否いたします——お出口はあちらです。どうぞお帰りください」

　——スッ……キリ。

　途端に靄が晴れ、視界が広がったよう。前より呼吸がしやすく、肩が軽い。積年の鬱憤が一気に吹き飛んだ気すらした。対して義母の眉は釣り上がるばかりだ。

「まぁ、立派なこと……こちらで挙げて差し上げようと、わざわざ重い腰を上げたというのに。気分が悪いわ。樹奈、帰りますよ」

「えぇー、言い負かしてよ、お母様ぁ」

　体裁を気にする義母は注目されている状況に気づき、少しは応えているように見えた。ところが樹奈はあっけらかんとした顔をしている。

「負け犬の遠吠えとでも捉えておきましょう。こちらには結城総帥の覚書があるのですから。野良犬がいくら吠えても、豹牙さんとの婚姻は決定事項です」

「ま、そっかぁ。本当に廉様はいないみたいだしー。こういう時、いつもいいタイミングで来るのに」

　帰り支度をしつつも、私へ憐れみの眼差しを向けたのはやはり妹だった。

「もしかしてお姉様、暫く廉様とお会いしてないのぉ？　かわいそうー。他言無用って言われたんだけどね、樹奈話しちゃう。廉様ね、婚約者披露パーティーを開いてくださるの、樹奈のために。来月の一日よ」

その日は当ホテルのリニューアルオープン、さらには結城新総帥の披露パーティーが開催される予定である。父が知らなかったように、非公式情報だ。廉の素性すら知らない母娘が知るはずもない。

──同日に婚約発表？　結城総帥の意向？

眉間にしわを寄せじっと押し黙っていたところ、樹奈の表情がにんまりと笑みの形に歪む。

「そっかあー、もう捨てられちゃったのね、お姉様。お気の毒様ぁー。樹奈はねーえ、週に一回は会ってるの。この間のタルトタタン、美味しかったなぁ。早く樹奈も食べてくれないかしら──あ。お姉様ごめんねえ？」

捨て台詞とはよく言ったものだ。そそくさとホテルを出ていく義母に対し、樹奈の足取りは軽やかだった。

鬱憤が吐き出せたとはいえ、不覚にも動揺している。樹奈をこれほど妬ましく思ったことはない。

──私だって、会いたいよ、廉……。

感傷に浸りたいところだが、迷惑なお客様が去った後の館内はしんと静まり返っている。

──色んな意味で終わった、かな。

他でもない私が招いた事態である。爪先の方向を変え、その場で深々と頭を下げた。

「お騒がせして大変申し訳ございませんでした。本件は当ホテルとは一切関係ございません。私個人のトラブルです。どうぞ心ゆくまでお寛ぎくださいませ。お世話になりました――」

暫く腰を折った姿勢を貫こうと決めていた。ところが次第にパラパラと……そのうち喝采ともとれる拍手に包まれ、思いがけず顔を上げてしまう。

真っ先に駆け付けてくれたコンシェルジュの村上さんが、はじめの一人だったようだ。

「聞いてたよね。愛人との間にできた子なのよ、私。なんとも思わないの？」

「確かに不倫は良くないです。でもそれって、朝比奈さんが悪いわけじゃないですよね。皆さんもわかっておられるのだと思います」

「っ――でも」

「それに、あれだけ自分が攻撃されてるのに、朝比奈さんってばお家や豹牙ＣＥＯのことばっかりで。逆に心配になりました。でもそんな朝比奈さんに、私達は憧れているんです」

憧れられるようなことがあったかと記憶を探っていると、村上さんが得意げに唇を尖らせる。

「目配り・気配り・心配り――その三つを兼ね備えている秘書はそういないって、以前来館された結城様が社長に仰ったそうです」

――結城……総帥が？

「それを含めて、朝比奈さんだったからこそ、豹牙ＣＥＯのような一流の男に愛されるんです。間違っても先程のお花畑ではないです」

お花畑……確かに樹奈にぴったりのあだ名だ。辺りをはばかった小さな声に、思わず頬が緩む。

「以前は陰口を叩いてた女子も、今やみんな朝比奈さんの応援団ですよ！　さっきの啖呵、痺れちゃいました。現代版シンデレラ舐めんなって話です。豹牙ＣＥＯと絶対幸せになってくださいね！」

嬉しい。感動すら覚えてお礼を口にしたが、それ以上に、この状況に順応できないでいる。

家も近所も学校にも……応援してくれる人なんて一人もいなかったのだ、愛人の娘というだけで去っていく人ばかりで。

「社長も理解されていると思いますよ」

村上さんの視線の先を追うと、京極リゾートの社長がこちらへと歩みを進めていた。咄嗟に再び深々と頭を下げる。

「社長。この度は――」

「朝比奈くん、午後時間ある？　とある場所に同行してほしいのだが」

「……承知いたしました」

ホテルから去ってほしい、と言われるのだろう。言い訳などない。甘んじて受けようと思う。


約束の午後。京極リゾート社長が向かった先は、以前綾人と会った場所、プリンセス系列のホテルだった。系列の中で本部とも言える建物だ。

即刻解雇宣告を受けると心していただけに、なんだか拍子抜けの展開である。

「聞いているだろう。結城グループの新総帥(そうすい)披露パーティーをうちで受け持つと」

「……はい」

「本来ならば結城グループ内のホテル・プリンセス系列で行うのが自然。しかし豹牙くん……もう結城くんと呼ぶべきかな。彼はあえてうちを選んでくれた。ここは敵に回したくない同業だ、前もってご挨拶しておきたい」

――これが最後の仕事、とか？

まぁそれも悪くない。私の本業は秘書なのだから。結びに京極社長に同行させていただけることをありがたく思う。

そうして先方に案内された場所は見覚えのあるＢＡＲではなく、ホテル内のシェアオフィス――広い商談専用スペースといったところ。内容が漏れない程度の距離に点々と、スーツを着た男性らがテーブルを囲んでいた。

その一角で、先方の重役と互いに会釈を交わす。次に席に着こうと顔を上げた……時だった。

まるで長年それを探していたかのように、至極鮮明に目に飛び込んできたものがあった。

「――っ」

「朝比奈くん、どうかしたか？」

「いえ。失礼いたしました」

商談中のテーブルの一つに、廉の姿を認めた。独特のオーラ、並々ならぬ気迫、格別の圧倒感――これだけビジネスマンがいても、廉は相当目立つ。

あれは完全に集中している顔だ。背を向けているため、こちらには気づいていない。有り体(てい)に言えば、互いの席はフロア両端に位置するため、気づくほうが奇跡である。

同じスペースで同じ空気を吸っている。それだけで、胸が一杯になった。

あれから約二ヶ月——身形（みなり）にはだいぶ気を遣うようになった。洋服や化粧品、下着もじっくり選んで買っている。それに、美のプロフェッショナルである凛さんに、スキンケアからメイクの仕方まで日々勉強させてもらっている。

ある意味こけし装備より苦戦しているが、好きな人に見てもらうためと思えば、決して悪い心地はしなかった。

——ちょっとくらい小綺麗になれたかな、廉……

こういったシーンにおいて、秘書は基本意見してはならない。

話を聞いているふりをしながらこっそり部屋の奥を盗み見ては、胸を躍らせていた。

話したこともない憧れの先輩に片想いしている感覚だ。学生時代に経験し損ねた今の体験が新鮮で、それでいて泣きそうなくらい、心がしわくちゃになる。

——お父様はお元気ですか。ちゃんと寝られていますか？　ねぇ。私のこと、覚えてる……？

「——わざわざご丁寧にありがとうございました、京極社長。律儀にも筋を通しに来ていただけるとは」

「なんの、当然のことです。お受けしたからには、当日はしっかり務めさせていただきますよ」

——え。うそ、もう？　まだほら、昔話とか、話すことあるんじゃないの？

「朝比奈くん行くよ」

——ないの？

万が一の可能性で挨拶くらいできるかも知れない、という期待は木っ端微塵に砕かれた。

京極社長は最短ルートで部屋の出口へと進む。

凛さんは当日パーティーで会えると言っていたけれど、実際はどうだろう。あなたは主役なのだし。今のうちに目に焼き付けておきたいところだが、ここで立ち止まると不自然である。後ろ髪を引かれる思いで、社長に続き部屋を出た。

仕方ない。お互い仕事で来ている。秘書と思われる男性も隣にいた。

偶然居合わせたことに奇跡を感じていたけれど、考えてみれば結城グループであるプリンセス系列のホテルに廉がいても、なんらおかしいことはない。

――見掛けた廉とは目すら合わないし、私は解雇になるんだろうし……踏んだり蹴ったり。

がっくり肩を落としつつ社長の背中を追う。そう、確かに今の今まで追っていたはずなのだが。

「――っ、……？」

この数秒で何が起こったのかいまいち状況を呑み込めない。

とてつもない力で腕を引かれて視界が揺れ動き、次の瞬間には既にがっちりと顔を固定されていた。勢い任せに壁に打ち付けられた背中は痛いし、不意打ちで呼吸を奪われて窒息寸前、なのに。

――泣けちゃうくらい、愛おしい。

「――ん。んん～～～っ」

元いた廊下から大して離れていないと思う。そこから少しだけ外れた、少し陰になった通路。目すら合わなかったあなたと、唇が出逢う。

――気づいてたの？　いつから？　ねぇ。いきなりそんなに奥まできちゃうの？

激情をそのまま流し込んだかのような荒っぽいキス。繋がった一点から伝わる廉のにおい。絡まる欲情。角度を変えるたびにかぶりつき、「声を聞かせろ」とでも言いたげに攻めてくる。

お構いなしに熱をぶつけてくる辺り、この場所は死角というやつなのだろう。

その間も、廉の背広の胸ポケットに収まっているらしいスマホのバイブが鳴り止まない。秘書があなたを捜し回っている。京極社長もきっと私を――。私達に残された時間はそう長くなかった。

唇が離れ、一束の吐息が零れる。言葉を交わすより私の手を握ることを選んだ廉は、最後に、ヴァンパイアがするように首筋に唇を埋めたのだった。

「――廉さん！　こんなとこに。先方そっちのけで席を立たれては困りますよ」

「ああ。今戻る」

最後まで目が合うことはなかった。会話なんて一つもない。秒単位で管理されている合間を縫って、キスだけ残していったのだ。後で知ったことだが、首筋へのキスは「手離したくないほど愛おしい」という心情を表しているのだそう。廉はただ、それだけのためにわざわざ……

「……レ、ン……っ」

会った、と言うには曖昧すぎる。それでもひときわ濃厚で、言葉にされるよりずっと「恋しい」と言われた気がした――

ひとまず呼吸を整え、濡れた唇を拭う。私も持ち場へ戻らなければならない。京極社長はエレベーター前で私を待ってくれていたようだった。

「会いたがっていたよ、結城くんも。金崎凛くんに君の様子を逐一報告させるくらいには」

——社長……もしかして。

「これからも頼むよ、朝比奈くん。解雇なんてしないよ。そもそも、君の上司は彼だ。僕はね、過度な期待をしているんだ、君達に」

何もかもお見通しだったのか、はたまた偶然か。いずれにしても、京極社長の温情溢れるお人柄に触れるには十分だった。心の底から、本件に携(たずさ)わることができたことを感謝したい。

「ありがとう、ございます」

「先程はホテルの名誉を守ってくれてありがとう」

「社長……っ」

最近やけに涙脆(もろ)くなった。いくら虚勢を張ったところで、分厚いこけしフル装備に覆われていようが、所詮は人だ。傷つくことに慣れたわけじゃない。それ以上に、優しくされることにも。

「お守りも受け取ったようだし、残り二週間はなんとかそれで耐えなさい」

「お守り……ですか？」

京極社長が意識的に視線を落としたので、私も自然とそこへ目がいく。するとなんでか、左の薬指が覚えのない輝きに煌(きら)めいていた。

我ながら単純だと思う。見たことがないほどの大粒ダイヤを目にした途端、指が重く感じた。

——いつの間に？　……あ、首筋にキスしてた時？　うそ……

「君達は本当にぴったりの番(つがい)だな。全く、もどかしい。偽装なんてまどろっこしいことをしてないで、早くくっついちゃいなさい」

——偽装妻、バレちゃってた。

恋しさを胸に抱きしめつつ、上司の後を追う。行きに通った場所も、今は全く別物に見える。だいぶ小柄だが、京極社長には目で測れない大きな器があった。背後で号泣している私を、彼が振り返ることはなかった。


その数日後、私宛にドレスが届いた。差出人の名前こそないものの、中身を見れば誰が選んだものかすぐにわかった。

軽く体に当ててみたところ、どう考えても布で隠れる範囲が狭い。背中の開いたオープンバックがお好みだと聞いてはいたが、背中どころではない。はっきり言ってお尻の割れ目までチラ見せできる大胆すぎるカットになっている。

「これじゃストッキングもショーツすら穿(は)けないっ」

背面はまだ良かった。ドレスをひるがえすと、前面にも相当深いカットが入っている。ブラジャーを着けるとどうしてもセンターのモチーフが出てしまう。意地でも下着を着けさせない執念のようなものを感じた。

これではまるで、レッドカーペットを歩むハリウッド女優の衣装である。

「……えっち」

ところが、送られてきた荷物には衣装ケースがもう一つ存在していた。その中身には、廉の好みであろうセクシーさはない。お腹もお尻の割れ目も露出しない、ネックラインを強調するオフショルダーのロングドレスだった。

二着とも同じ模様で酷似したデザイン。布の量だけが異なる。

「どういうこと？」

ふと天井を見上げて、すぐにはっとする。

――このお腹に命が宿っていた時のための二着だ。

本当に、何から何まで抜かりない。

このタイミングで送ってきたならば「新総帥(そうすい)披露パーティーにはこれを着て来い」ということだ。

二着のドレスをハンガーに掛け、ベッドの端に腰掛けて夢を見る。玉座の隣に私の居場所がある、そんな夢を。

今宵は久しぶりに、廉が使用していたスイートルームのベッドに転がった。

キスの温もりが残る唇、束縛の指輪、あなた好みのドレス――こんなにも王様の恋慕に囲まれているというのに逢いたくて……逢いたくて。たまらなくなった。

王様の花嫁

〝六月の花嫁〟を意味する「ジューンブライド」。

雨が多いため決して結婚式に適した季節とは言えないのだが、この月に式を挙げると一生涯にわたって幸せな結婚生活を送ることができるとされている。

しっとりした空気に倖せの白い薔薇の香りが漂う、六月一日。

当ホテル・ラ・ランコントルは〝生まれ変わる〟に相応しい革新を成し遂げた。

隣接した大型ショッピングモールの前には五百人超が列をなし、グランドオープンを心待ちにしている。改装・新設した施設、改良したメニューやサービス——あの廉がトータルプロデュースしたのだから、ホテルももちろん予約殺到だ。

「凛さーん？　わ、本当にプールができてる」

「あ。恋ちゃんこっち！　これから水を張るところよ。七時の開始に間に合ってもらわないと困るのよねー」

なんと言っても一番の目玉はやはりここだろう。かなりハードな工程スケジュールを組み、無理矢理オープンに捩じ込んだ屋上である。

視界一杯に広がるプール。そのサイドから中央に向かってガラスの階段が十段程度設けられており、頂上が祭壇となる。本日は廉がそこに立ち、来賓へ向けて就任挨拶をする予定だ。

「このオープンウェディングスペースにはね、素敵な仕掛けがあるのよ」

聞けば、プールサイドに等間隔に設置された複数の噴水が水のベールを作るそうで、プロジェクションマッピングを使ってその表面に様々な背景を映し出すのだという。

「それも廉のアイデアですか？　素敵。祭壇を囲む噴水が壁となって一つの空間を創り出すってことですよね」
「そう。夜はきっと綺麗よ。プロジェクションマッピングなら、自由に背景も変えられるしねー。廉の頭の中をパカっと開けて見てみたいわ～」

従来のチャペルは正統派受けを狙って日中の挙式、ロマンチック派には水上ナイトウェディング――業績が低迷していた京極リゾートのウェディング事業はこれによって飛躍的に回復するだろう。

「――恋ちゃんは私と一緒に受付ね」

陽は沈み、プールの水面を薄らと月が照らしている。本日午後七時、いよいよ開始となる。諸々の身支度を整えたメンバーは、只今最終確認を終えたところ。

受付にて、結城サイドから預かった招待客一覧に一通り目を通す。さすが結城グループの式典である。ざっと四百人の来賓の中には、グループの要人らをはじめ、政治家から財界の大物に著名人と、大層豪華な顔ぶれが揃っていた。樹奈の誕生日パーティーとは、質も量も比にならない。

「拓真さん。どうされたんですか、そのタキシード」

ドレスコードと言っても男性はビジネススーツでも通用するので、バシッと決め込んだ拓真さんの姿に思わず目を丸くしてしまう。声を掛けてはみたものの、ちょっとな、と照れた顔をするだけで、納得できる答えは返ってこなかった。

らしくない素振りを不思議がっていたのも数秒で、凛さんからの視線に気づき振り返る。

「恋ちゃん、とっても綺麗。廉のことだからオートクチュールね。まるで……妖精さんみたい」

「それを言うなら凛さんこそです」

身に纏ってみると、廉に贈られたドレスはふんだんにフリルで飾り立てられていた。生地をたっぷり使用したフリルのレースには何匹ものバタフライ刺繍が施されている。光の加減でそのシルエットが浮かび上がる仕様だ。

屋上は当然野外のため、同梱されていたケープを上に羽織っている。

ちなみに、凛さんは際どいスリットが入った、タイトなマーメイドラインのドレスを着ていた。美人顔と相まって、真っ赤な薔薇が咲き誇っているかのような美しさだ。

来賓のご婦人方も皆、夜会仕様のドレス姿。浮きはしないのだが、スタッフサイドの私達が来賓と同じ装いでいいものか――なんて悩みも吹き飛ばす、ド派手なドレス姿の娘が現れた。

「お母様見てぇ、凄ーいロケーション！　こんな素敵な場所で樹奈をお披露目してくれるなんて、樹奈感動！　それにこんなにたっくさんの人ー！　結城グループの要人の方もたくさんいらっしゃるわ。どうしよう、樹奈緊張しちゃうっ」

「まぁ。樹奈のためにそうそうたる方々を招待くださったのね。豹牙さんにセッティングを全てお任せして正解でしたわ」

――どこまでもおめでたい。

ただの〝豹牙〟に結城グループの要人らを招待できる人脈があると、どうしたら思えるのか。

この場には当然のように、義母と樹奈の姿もあった。義母は定番の着物、樹奈のほうは大好きなピンク、それもショッキングピンクのボリューミーなお姫様ドレスである。

義母も元は箱入りの温室育ちらしい。思うに、母娘揃って社会経験がなく、〝自分が常識〟の考えのもと世間知らずに育ってしまったに違いない。

考えがあっての演出だろうが、二人もいよいよ廉の素性を知ることになるのだ。

受付ラッシュも落ち着いたところで、人で溢れ返る会場に入った。距離を取り、こっそり母娘を監視するつもりでいた。

——クラッシャーになりかねない。

父は、仕事で少し遅れると連絡があった。そして現総帥、新総帥の会場入りはもう間もなくのはず。もちろん廉の控え室の場所は知っていた。しかしながら、結城側の人間からしたら私など追っかけファンも同然だろう。本来ならば一介の秘書が相手をしてもらえる男ではないのだから。

「——本日の主役の登場よ。見れば見るほどイイ男」

「公式発表でまさかと思いましたけど。結城総帥のお隣の方が？」

「ええ。結城総帥にあれほど立派なご子息がいらっしゃったなんて。独身ですって」

「まあ！　争奪戦になるでしょうね。お先に～」

——ほら。こうやってすぐに女を寄せつけちゃう。

来賓——主にご婦人らは、新総帥の容姿に興味津々の様子。私はと言うと、樹奈の居所を捉えつつ、シャンパングラスに口をつけるふりをしてその場に留まっていた。

彼女らを追わずともすぐにわかった、あなたがそこにいるのだと。多くの著名人が集結しているにもかかわらず、廉に限っては頭一つ抜けて見える。このシチュエーションには、どこか既視感があった。初めて出逢った時も、最初はこのくらいの距離からあの男を眺めていたのだ。

切れ長の目に、凛々しさを主張する顎のライン。潤沢を帯びた黒髪はフロント、サイドともに毛足が長く、思わせぶりに風になびく。爽やかとは程遠い、これだけ離れていても十二分に独特の色香が漂ってくる。

——どこまでも男らしい男。

事情が事情だが、三十代での総帥就任は異例中の異例である。役員らは皆、相当年上に違いない。総帥のご子息とはいえ、針のむしろ状態である可能性が高い。その中でも屈することなく、それどころか毅然と立ち回り、圧倒的な存在感を見せつける。王様気質のあなたが、さらに一回り大きくなったように感じる。

「なんかもう、全然違う世界の人……」

近寄ることも叶わず未練がましく唇を噛んでいると、ふと周りの視線に気づいた。私の真正面に立った人々に、視線を遮られてしまう。

「こんばんは。ひときわお綺麗ですね。お一人ですか？」

「どこのご令嬢かな。本当に見たことのない美しさだ。とりあえず顔は出したし、僕らはもう抜ける予定なんだけど、一緒に来ない？」

「いえ。私はここのスタッフなので」

身形からして、それなりの地位の独身貴族だろう。突如現れた二人組の男性に勝手に手を取られ、不躾に腰に手を回されて、不快感すら覚える。

「行こうよ。君なら大歓迎」

「放してください、仕事中なので」

「こんな場所で〝抱いて〟って顔してる君が悪い」

「――っ」

――うそ。そんなに顔に出てた？　恥ずかしすぎる……

それにナンパ？　と言うの、これ？　こけし人生ではあり得なかった事態に、対処法がわからない。

「目うるうるしちゃってるよ。やっぱ、えろ可愛い」

「な。これは、クる……」

目の前で、得体の知れない二つの喉仏がごくりと鳴る。私としたことが、迂闊にも隙を見せてしまっていたらしかった。不躾（ぶしつけ）な口元がにやりと欲望を露わにしたその時――

「こういう免疫はないのでしょう。全く無防備な……、恋は下がっていなさい」

「綾人……」

「彼女は私の連れです。諦めていただけませんか」

結城グループに属する君嶋もまた、本日の招待客である。既に手と腰を取られて身動きできなくなっていた私の肩を、綾人がさらに抱く。

「通称王子様――ホテル・プリンセスの君嶋副社長ね。君の女？」

「……いえ」

「まぁ別に君の女でも構わないんだけど。君嶋くん、僕らに意見できる立場だったかな？」

「できないでしょうね、立場上は。区議会議員のご子息と……結城グループ系列のメガバンク、結城銀行頭取のご長男ですね」

「その通りー。お宅のメインバンクもうちでしょ」

綾人の腕力が一層強まる。断固として私を放すつもりはなさそうだが、さすがに相手が悪い。このままトラブルにでもなれば、君嶋のビジネスにも影響しかねない。

「綾人。私はいいよ、少しお話しするくらいなら大丈夫」

——取り急ぎこの二人を綾人から引き離したい。会場から出そう。後の対処はそれから……

そうは心しても、綾人の手を無理矢理剝がす態度は忌まわしく気味が悪い。同じ強引さでも、男の器の差でこうも感じ方が変わるものかと、無意識にあなたと比べてしまう。

「ほら彼女もこう言ってるし。こんないい女、一晩——いや、一杯、御馳走させてよ」

「——一晩、どうするつもりだ」

「そりゃもう。一晩中よがらせて喘がせて……確実に一発で堕とせる自信あるね」

「てめーごときが？　俺のに？」

「さっきの色っぽい顔見たろ？　犯してほしそうにしちゃって。ドMでしょ、この子。男なら放っとかないって——て、アンタ誰」

呼吸が、止まってしまうかと思った。

前触れもなく会話に乱入した、懐かしくもある低い声。姿が見えなくとも肌を掠める甘い記憶。

総帥の息子として公の場に出たことがないのだ。顔と名前が一致していない者も多い。にもかかわらず、誰もが当然のように彼の前を空ける。

そうして一歩踏み出したその姿に、私を囲む人間が一人残らず息を呑んだ。

「おい、表出ろ」

「は？　なにコイツ。君の男？　まぁ別に誰の女でもいんだけど。ねぇアンタ、今夜、彼女借り――んぐ」

「馬鹿言ってんじゃねーぞ。誰にも貸すか」

構わず噛み付く男の首を真正面から掴み上げる。その様を見て、綾人から深い溜息が零れた。

「相手が悪すぎましたね。結城銀行の次期頭取ともなろうお方が、本日の主役の顔も知らずにやってきたとは」

二人組の男が揃って鳩が豆鉄砲を食ったような顔に変化するまで、そう遅くない。

「彼は結城グループ七代目総帥〝結城廉〟――驚かされましたよ、君の素性には」

「マジ。総帥の女……！」

この間にも、廉は奪取する勢いで彼らから私を引き離す。何気なく添えられた手にも熱が灯った。

「無自覚も大概にしろよ、恋」

――どうしよう。思いきり抱きつきたい。抱きしめてほしい。どうしても、好き……

喉を詰まらせて希う。それでも来賓の方々が注目している中で、私情を優先させるわけにはいかない。

「おまえとんでもなく美人なんだから、隙見せてんじゃ――」

隣に立つ廉の背広の内側にこっそり指を忍ばせ、中のワイシャツをちんまり摘む。これが、今の私に許される精一杯だった。

「～～～れーん……」

続けて「ああその顔か」と廉が舌打ちしたように思えた。聞き返す暇など与えられるわけがない。たまらないといった感じで勢い良く抱き寄せられ、唇へと一直線に溺れに行く。キスの合間に見つめ合った私の瞳は、とっくに、涙で濡れていた。

「いい子にしてたか、甘ったれ」

――やっと……逢えた――

ほんの唇の先が繋がっただけで、とてつもなくもどかしい。会えない間に育ちすぎた恋慕が、全身が、あなたを乞い……願う。

「レ……ンっ。も、むり、待てな――っ」

「おい、さっきから可愛いことばっかしてんじゃねーぞ――くそ、やっぱ傍に置いとかないと駄目だな」

――廉。廉……廉。

いつから私は我慢できない子になったのだろう。こんな場所で、あなたの立場も、体裁だってあるのに、力のままに抱き締められてこの上ない倖せを感じている。

一方で、私の手の内にあったシャンパングラスを取り上げた廉は、頭取の長男だという男の頭上で躊躇なくそれを傾けた。

「女を見る目は悪くない。俺が唯一夢中になった女だ。けど、さっきの顔は見なかったことにしろ。記憶から抹消しとけ。な？」

「します、させていただきます!!」

――凄い。有無を言わさぬ大人気ない圧力。

「おまえもだぞ、君嶋」

「できることなら抹消したいですよ、今すぐにでも。あなたにしか見せない顔なんて」

諦めにも似た綾人の微笑みに、胸がちくりと痛む。しかし次の瞬間には、厳かな一つの咳払いによって空気が一変するのだった。咄嗟に涙を拭き、姿勢を正し、綾人に続いて私も頭を下げる。

「結城総帥。ご無沙汰しております。その後お加減はいかがでしょうか」

「相変わらず美しい娘だ。ああ、君のお陰で術後の経過も順調だ。本日一杯でせがれに任せて私は療養しようと思う」

「安心いたしました。暫くゆっくりなさってください」

問題は、甘いにおいを嗅ぎつけてやってきた、義母と樹奈だろう。

「うそぉ。樹奈、結城総帥夫人になれるのぉ？」

「その辺の殿方とは格が違うとは思っておりましたけれど……そう、豹牙さんが結城グループの。なんて素敵なサプライズ。わたくしも鼻が高いですわ」

まぁ自然な反応かも知れない。フィアンセの格が段違いに上がったのだ。ご所望だった娘婿という条件を撤回しても、大層なお釣りがくる。

——こんなにぬか喜びさせてどうするつもり？

「あれをどうにかできるのですか」

綾人が母娘（おやこ）を見据えて囁く。これを受けた王様は、それはそれは艶（あで）やかに微笑んだ。

「当然。そのために呼んだ」

全てはこの手の内にあるとでも言いたげに、昂然（こうぜん）と胸を張る——こんなに誇らしげな王様に魅了されない女性など、いるはずもない。

「もぉー、廉様の隣は樹奈の場所よ！　用済みのお姉様はさっさとどいてよっ！」

と、私へとまっしぐらに突進してきた、魅了された女子代表はやはり樹奈だった。

ただ、私は抱かれた腕にひょいと持ち上げられ、樹奈の体はスカッと見事に空回り、目の前で転倒してしまう。

「樹奈！　大丈夫ですか」

「お母様ぁ。いったぁ～い！　お姉様ってほんっと意地悪ね！」

——今のは私というより廉なのだけど。

地べたを這うショッキングピンクを、私を抱えたままの廉が睥睨（へいげい）する。

「恋、こいつらに何をさせたい。今ならなんでもいけるぞ。手始めに土下座でもさせるか？　来賓の前で」

「何もそこまで……」

確かに、この母娘にされてきた酷い扱いは決して赦せるものではない。そうは言っても、それは私個人の心情である。

今となってはもう関わりたくもない、廉から手を引いてほしい――強いて言えばそんなところだ。

「だろうな。おまえならそう言うだろうと、この場を狙ってた。やられっぱなしは俺の性分に合わないんだ。付き合えよ」

――出た。容赦ない報復スタイル。

そのしたり顔が腹立たしくもある。だけど、この先に何が待っているのという好奇心のほうが断然上回っていた。

「おい樹奈。言ったはずだ。『最高の舞台を用意してやる』と」

いつだったか、婚約披露パーティーを盛大にやってとせがむ妹に、廉が不敵に返した台詞である。今この時こそが、その舞台だったのだ。

「ええ。素敵よ、廉様！　このお披露目パーティーで、やっと樹奈の旦那様よって堂々と言えるのね。覚書にサインしたもんねー」

「そうですわ。わたくし達には結城総帥がついているのですから。ですわよね、総帥」

真っ赤な爪が妖艶さを引き立てている。義母が結城総帥の肩にいやらしく手を掛けるが、振り向いた彼の目は決して笑っていなかった。

「――誰が、おまえらなんぞに、大事な息子をやると言った」

図太い母娘が思わず尻込みするくらい、その剣幕には殺傷力があった。さすが年季の入った財閥トップとでも言おうか、直接それを浴びていない私まで足が震えた。

「……い、いえ。こういうことでしたら、もちろん樹奈を結城家へ嫁がせますから！」

「市井夫人は何か勘違いをしているようだ。取り交わした覚書の条項をよく見てほしい」

義母にとっては最後の切札となる文書。言ってしまえば、彼女らにはもうそれしか頼れるものがない。義母は当然、二部作成したうちの一部を常に持ち歩いていた。焦った手つきで鞄から一枚の紙を取り出し、震える口を開く。

「な、何が勘違いだと言うの。署名をする時に何度も確認しましたわ——もしかして、〝豹牙〟……ですか？」

恐る恐る問いかける義母に、総帥（そうすい）は表情を変えることなく返す。

「〝豹牙〟は廉の実母の旧姓だ」

「で、でしたら、業界でも豹牙さんで通っていらっしゃいますし。覚書自体は成立しますわよね？」

「ああ。サインした皆が認識している事実だ、成立するだろう。息子を知らん様子だったからそうしたまで。それに、せがれにとってはこの方が動きやすいだろうと、な」

私も唯一〝豹牙〟表記に引っ掛かりを覚えていたのだが。

——そこじゃないの？

「や、やぁだ、もう樹奈焦ったぁ〜おじ様ってばぁ！」

友人にするように結城総帥（そうすい）の腕をパシと叩いて、樹奈はおどけてみせる。

——なんて失礼な。

一言注意しようと一歩前に出たが、廉に止められてしまった。静かに聞いていろということらしい。

結城総帥(そうすい)は義母の手の中にある覚書を指差し、今一度読み上げるよう言い付けた。

「『市井恋を嫁に出すこと。豹牙廉と市井の長女が婚姻関係を結ぶこと』」

「これに市井夫人、樹奈さんともに喜んで判を押した」

「は、い」

一目瞭然のことを再確認し、結城総帥(そうすい)はずずいと義母へ迫る。

「何か問題でもありますこと？　市井恋を君嶋家に嫁に出――」

「二人の縁談を認めはしたが、書面上で〝君嶋〟と名指しで記載した覚えはない」

――確かに。私を嫁に出すことしか書かれてない。

「こ、後半は明らかですわ。豹牙廉さんと市井の長女が婚姻――」

「〝市井の長女〟とは、誰のことだろうか」

「もちろん樹奈です。生後、戸籍で確認しております。そうよ、この女は後から市井に入ってきたんですから」

義母の言葉に、結城総帥(そうすい)が何やら目で息子に指示を出す。廉の胸ポケットから出てきたものは、まさに市井の戸籍謄本だった。

「惜しい。認知した子供を自分の戸籍に入れた場合、戸籍上長女表記が二人になることもあり得る。同じ戸籍に入る前はどちらも長女だったからだ。要は、恋も樹奈もこれに該当する」

――廉が私の戸籍を確認しにお父様のもとを訪れたのは、これのため？

「だからなにぃ？　二人とも長女なら、樹奈だって結婚できるんだよねー？」

普段は目に余るほど稚拙なくせに、肝心なところは目敏い。真面目な話に飽きたとでも言うように、樹奈は横髪をいじり出していた。

「そこの選択はせがれに託した。まず間違いなく、そちらのお嬢さんのほうだろうが」

と、私へ向けて結城総帥がにこっと微笑みかける。ところが、廉は釈然としない様子で顔をしかめた。

「よく言う。ただの豹牙なら、立場的に市井の言い分――樹奈を受け入れる他なかった。俺が結城を名乗らなければ、恋は手に入れられない――ここまで計算ずくで、恋と樹奈の二人に該当する〝長女〟とあえて表記しやがったな」

「さあ。なんのことだ」

そんなこと、考えもしなかった。全て繋がっていたのだ。息子を結城に連れ戻すためのあれこれに。

「まぁ、けどお陰で徹底的に潰せるな――思い上がんなよ、樹奈」

その地鳴りのような声に、樹奈すら怯えていた。義母もやっとのことで自分を奮い立たせた様子。

「樹奈でしたら市井から出します。ですけど、この女は意地でも出しませんよ！」

「そ、そ、そうよ！　所詮愛人の娘、総帥夫人にはなれないんだからっ。お姉様なんて一生一人でいればいいのよっ！」

「それは困る。覚書に違反する」

やけになった二人が「おまえを飼い殺してやる」と口を滑らせそうだった勢いも、結城総帥が口を挟んだ途端、泡となって消えていく。

不遜なまでに顎を突き出し、「そう、それ」と被せたのは廉だ。

「とにかく俺が欲しかったのは、恋を市井から出す確約。おまえらのことだ。恋との結婚を強行しようものなら、先手でも打って市井の権力でより酷い家庭に売りかねない」

「そ……っんなことは――」

「しますよ、あなたは」

「あ、綾人お坊ちゃんっ」

言われてみれば――ただの豹牙であっても、わざわざサインなんてせずとも、廉なら樹奈との縁談などどうとでもできたはずだ。それをしなかったのは、憎んでいた父親の画策にあえて乗ったのも、私のため――？

「要するに。全くもって癪だが、この短い条文の覚書には俺の欲しいものが全て入っていたわけだ。恋が市井から解放され、その恋を俺が選び取る権利――そして、この件に関わる全ての人間がそれに同意したことになる」

ここに来て、樹奈も義母も、さすがに罠に気づいたようだった。言葉を失った母娘に向け、廉はなお続ける。

「約束通り、恋を市井から嫁に出してもらう。貰い手は結城財閥七代目総帥――この俺だ。なんか文句あるか、あるなら言ってみろ」

完膚なきまでに相手の手を封じた、見事なチェックメイト。結果的に、結城総帥のナイスパスを受け、息子の廉が見事にゴールを決めた形となった。

義母は呆然として固まっている。樹奈においては懲りもせず廉の腕にしがみつこうとしているが、見たこともない必死さが滲み出ていた。

「いや……いやよ、廉様がお姉様を選ぶなんて。カラダまで奪っておいて、樹奈を捨てるのぉ？」

柔らかな胸を押し付け、樹奈はお得意の甘え上手を発揮する。必要以上に声を張っているところからして、来賓を味方につけ、同情を引きたいのだろう。ところが、いよいよトドメの一撃が放たれようとしていた。

ここで、廉のワイシャツポケットに潜んでいたボイスレコーダーが顔を出したのだ。ひとたび廉の親指が合図を送れば、それは音声となって会場中に響く。

『――お姉様、今の聞いたぁ？　あら、また怖い顔ー。ほんっと怒りっぽいんだから。もしかして更年期ー？　年取った女って醜いよねぇ。もちろん紙のお約束はお約束。樹奈達が守らなかった時は、どーぞご自由にぃ。……うふ、結城総帥も大したことなかったなぁー』

廉が覚書にサインをすると伝えた際に、いい気になった樹奈から取った言質である。

市井令嬢の発言内容に、多くの来賓が顔をしかめたのは言うまでもない。醜いと揶揄された年配のご婦人方は眉をひそめ、著名な殿方は財閥トップへの侮辱に怒りを露わにしている。

「ち、違います、これは樹奈じゃ、あの……ぅ、あぁあん!!」

来賓の冷たい視線が母娘に一斉に注がれる。最後の役者が揃ったのはこのすぐ後だった。

「あなた……！　何をしていたの、遅いではありませんか。あなたからもお願いしてください。このままでは樹奈が――」

ついに会場入りした父は、腕にすがる妻に見向きもせず結城総帥のもとへと進む。

「結城総帥、この度はおめでとうございます。廉くんも、総帥就任おめでとう。そして、妻と娘の度重なる非礼、謝罪の言葉もございません」

体に沿わせた手の指先までぴんと伸ばし、九十度まで頭を下げて心からの謝罪を表した。

「な、にをしていらっしゃるの。私達市井は騙されたのよ。期待させておいて、可愛い樹奈でなく、よりにもよってあんな女――」

「黙りなさい!!」

天まで高く昇るような、腹の底からの憤り。愛人の子を作った負い目からなんだかんだ義母を許してきた、そんな父の怒鳴り声を初めて聞いた。

「覚書の件は既に廉くんに聞いていた。私の承諾もなく勝手に判を押したそうだな。今更難癖をつけるな、見苦しい！　自業自得だ」

「ですがあなた……」

「君にも辛い思いをさせたんだろう。私にも責任がある。だからと多少のことには目を瞑ってきた。だが、まだ年端もいかない子供達に愛人の娘だ養子だと、頭がおかしいんじゃないか」

本日の誰よりも切れ味のいい物言いをする父に、驚いていたのは私だけではなかったはずだ。義母も樹奈も目を丸くしている。

「恋には日々愛人の娘と圧力を掛け、悠に関しては育てもせず恋に全て押し付ける始末。窮屈な環境下でよくこんなに立派に育ってくれたものだと、恋の芯の強さに心底感謝している」

革靴がこつと音を立てる度に重みを増す、一家の長の威厳。父の決意はすぐそこまで迫っていた。

「そして樹奈。腹違いとはいえ、姉を舐めすぎだ。おまえでは廉くんの嫁は到底務まらんよ。親として情けないが、樹奈では結城に嫁いでも恥にしかならない」

最後は義母と樹奈に向け「よく聞きなさい」と前置きをし、一枚の紙を取り出す。

「市井の権力はおまえ達のさもしい欲を満たすためにあるわけではない。舐めるんじゃない！」

これまでとは別人のような市井幸次郎の姿。ぽかんと口を開けたままの義母に叩きつけたもの——それが、父の決意だった。

「即刻、樹奈を連れて市井を出ていきなさい」

義母が握らされた離婚届には既に父のサインがされていた。

悠のためにようやく決断くださったのだ。

義母と樹奈が同時に無言で膝から崩れ落ちる。自分達の置かれた状況がいかに厳しいものかをやっと思い知ったらしい。

結城の画策に嵌められたこと、廉が手に入らないことなど、些末に過ぎない。「市井」という名前や地位は母娘(おやこ)にとって当たり前にあって、だけど決して失くしてはならないものだった。

「本日はせがれの総帥(そうすい)就任式だ。さあ、無関係な君達はお帰りいただこうか」

情け容赦ない結城総帥に、私の腰に腕を絡ませる廉――息を殺して一部始終を見守っていた来賓は、どうジャッジしたろう。三百六十度見回せど、母娘に手を差し伸べる者などいない。

「俺はあなたと、恋の母親に心から感謝しています。恋にめぐり逢わせてくださり、ありがとうございます。大切にします。俺の一生をかけて」

母娘を管理できていなかった父も、白眼視されておかしくない状況ではあった。しかし、本日の主役が頭を下げて敬意を示したことで、どうにか父の名誉は守られたようだ。

「ああ。恋を頼むよ。時間が掛かってすまなかったね、恋。芯は強いが、おまえは自分のこととなるととんと無頓着になる。廉くんに倖せにしてもらいなさい」

「――っ、はい」

そうして父は、宴の妨げになるだろうと、放心状態の義母と樹奈を連れ会場を後にした。

次第に会場は元の賑やかさを取り戻す。

「スカッとしたか？　恋」

「んー、うん。でも、私の出る幕は全然なかったな」

「よく言う。ロビーでタヌキ義母とバカ娘に啖呵を切ったって？　さすが俺のシンデレラ」

――筒抜け。

「それにしてもどうして……」

――結城総帥がそこまでして私を贔屓にしてくれたの。

「『〝家の名に頼らず〟がモットーの君が息子の立場なら、どうしたら〝家の名のために〟戻ろうと考える』」

突然のことで戸惑いはしたが、その相談は一度耳にしたことがあった。以前ホテルに来館された際に、結城総帥が私へ問い掛けた言葉である。

その対象が廉だとも知らずに、私は確かこう答えた。

「『息子さんの望みを一つ叶えて差し上げてはいかがでしょう』」

よくできました、という結城総帥の表情ではっとする。

「ビジネスでは業界内を震撼させるほどの実力を認められていた。結城の財力がなくとも、物欲を満たせるだけの金は稼いでいるだろう。息子の望みはこれしかないと思った――君だ、市井恋さん」

あの時、結城総帥とともにした時は一時間にも満たない。その中の取るに足らない提案を参考にしてくれていたなど、考えも及ばなかった。

「ビジネスに全てを掛けてきた男が、仕事を放って君を守りに来た。親の勘が疼いたよ」

「ですが、私は市井の正妻の娘では……」

「君の存在は前々から市井くんに聞いていた。樹奈さんの誕生日パーティーの会場で必死に弟を紹介して回っていた辺り、家では大した扱いを受けていなかったのだろう」

――うそ。最初から全てお見通し？

「大きな組織で指揮を執るとなれば、足を引っ張る者も少なからず出てこよう。廉はこの通り、相当タフだ。だが、夫を支え、かつ、ともに立ち向かえるであろう君は、息子に極めて相応しい――市井くんはいいお嬢さんを持ったな」

「――っ。お心遣い感謝いたします……っ」

父を褒められたことが嬉しかった。父の黒歴史ともなり得る私の存在に偏見を持たず、平等に評価してくれたことに感銘を受ける。

「――廉さん。そろそろご挨拶を」

秘書らしき男が申し訳なさそうに呼ぶ。いよいよ最年少の総帥が誕生するのだ。ナチュラルに私の耳朶にキスを落とした後、廉はプールにかかったガラスの階段を上っていく。

一連の流れで、まだ興奮状態にある。高揚感が収まらず胸をぎゅっと押さえた。

……と、そこに何故か、「終わった？　終わった？」という表情をした拓真さんが突如現れる。

どうしたというのか。背中に板でも仕込んでいるかのように硬い仕草で結城総帥の前に立ち、折り畳み携帯電話のようにぱきりと腰を折る。

「結城総帥――お父様。お嬢さんを俺にください!!」

――はい!?

「……またおまえか」

「廉にも素敵なお嫁さんが見つかったことですし。今度こそ俺の話を聞いてください！」

「しつこい。凛には既に婚約者がいると何度も――」

「俺、何度断られても、凛さんを離しませんので」

良家の子女とは聞いていたし、十分すぎるほど廉とのことで世話を焼いてくれたけれど。

――ええ。凛さんって総帥の娘……!?

拓真さんとしては今が最も輝かしい瞬間かもしれないが、私の瞬きは増えるばかり。呆然と二人のやりとりを眺めていると、凛さんが私のすぐ隣に立った。

「ごめんね恋ちゃん、内緒にしてて。私が廉に黙っててって言ったの。恋ちゃんが気兼ねなく相談できる存在でいたかったから。戸籍上は結城凛――廉とは異母兄妹よ」

「驚き……ました……」

つまり凛さんは、廉のお母様が身を引いた後で結城家に入ったという、後妻の娘なのだ。

でもこれで色々と合点がいった気がした。元カノではとまで疑った廉への理解度、彼に似た突発的な強引さ。そして結城総帥譲りのドS本能。

恐らく廉は、家で肩身の狭い思いをしているだろう異母妹に目をかけていて、自らのもとに置いて彼女を見守ってきたのだ。

「お父様。私からもお願いするわ。私も恋愛結婚がしたいです」

「凛……これとか？」

「ええ。懐けば可愛いものですよ、お父様」

結城総帥はうーむと眉間にしわを寄せたが、承諾の言葉は出てきそうにない。タキシードまで着込んだ拓真さんは、気の毒なほど相手にされていないようだった。

まぁ、結城総帥も鬼ではない。折を見て私も掛け合ってみようと思う。

――倖せになってほしい、心から。

この場では玉砕となった拓真さんの肩を凛さんがぽんと叩いた時、会場がどっと沸いた。プールサイドに設置された数々の噴水が、一斉に天まで噴き上がったのだ。プロジェクションマッピングによってそれは赤に染まり、さらに「結城」を示すロゴが浮かび上がる。

感動という言葉ではあまりに生ぬるい。

――壮観……

「この度、偉大なる父から受け継ぎ、結城財閥総帥の大役を仰せつかりました、結城廉です。今後とも、皆様のご支援ご協力を賜り――」

水の幻想に包まれ、王様はガラスの階段の頂上に君臨している。

最初はどこかで耳にしたことのある形式的な文句が続いたものの、どうやら堅苦しい挨拶が面倒臭くなったらしい。わずかに間を置くと、にやりと笑った。

「これだけは断言しておく」

嫌な予感を察知した拓真さんが、他のスタッフに向けて頭上で腕をクロスさせバツを作っている。廉を止めろということだろうが、できるはずもない。それに、私は見てみたい。

「日本三大財閥？　三つもいらねーだろ。やるからには俺の代で結城を唯一の財閥にしてみせる。文句垂れてる暇があったら、とりあえず俺についてこい」

――随分と大きく出ちゃった。

無理に決まっている、こんなの若造の戯言――来賓はそれぞれの感想を持っただろう。それでも、誰もが希望の光を見出せずにはいられなかった。誰もが彼に期待と信頼を寄せていた。

絶対的な支配力、強靭な求心力、突出したカリスマ性――結城新総帥の門出の挨拶は前代未聞、ライバル企業へ挑戦状を叩きつけた形となった。

――あれが、私の愛した男……

「それともう一つ。皆様にご紹介します――恋」

廉が階段下の私へ向けて手を差し伸べている。だけどこうも鮮やかすぎると、今更ながら相手が私なんかでいいのかという疑問が頭をもたげる。

「お行きなさい」

足が竦んでいた私を後押ししてくれたのは、意外にも綾人だった。

「こうなってしまうと、俺には恋愛にかまけている時間などなかったようです。ぜひ彼とビジネスをしてみたい。それにはまず、社長の座に就かなければ」

その声援は私のためではない。心の底からの感嘆の眼差しで、廉を見上げていた。男性まで魅了してしまうのだから、本当に始末に負えない男である。

「たくさん……ありがとう、綾人」

拓真さんはいまだ結城総帥に食らいついている。私の隣に立つ凛さんが「預かるわ」と手を出すので、ドレスの上半身をすっぽり覆っていたケープを手渡した。すると、いつかのティアラが頭に載せられる。薄々そんな気はしていた、ドレスの色に気づいた時から。

「本当に妖精さんね……世界一美しい花嫁さんよ。いってらっしゃい、恋ちゃん」

「凛さん。いつも、いつも見守っていてくれて、ありがとうございました」

「ううん。お兄ちゃんをよろしくね」

今なら表情を緩めただけで簡単に泣けそうだ。頷く前に、とんと背中が押される。

ドレスカラーは純白。刺繍されたバタフライには薄らラベンダー色が織り込まれており、フリルのレースが揺れるたび、浮かび上がった蝶々が優雅に戯れる。妖精が祝福してくれているようでもあった。

間違っても裾を踏まないよう、一歩一歩に緊張が走る。

「――どこのどなた？　あの女性」

「ほら先程の。ずっとご子息の隣にいた」

「紹介ということは……うそー、狙ってたのにー」

ご婦人らの嫉妬が背中に突き刺さるようだ。それでも誰にも渡せない、渡さない。

――何もかもをかなぐり捨ててでも、欲しい。

「でもなんだか溜息が出るような……」

「ええ。嫉妬する気も失せるほど、お似合い――」

段上の人と、ふと目が合う。最後の一段を上り切る前に、手が繋がった。玉座の隣に私を据えた王様が、さも誇らしげに声を張る。

「フィアンセの恋です。今この時をもって、総帥夫人となる女だ。以後お見知りおきを。妻に文句のある奴は俺が直々に相手してやる。いつでも来い」

膨れ上がる拍手喝采は当分鳴り止むことはない。煩い鼓動と相まって胸が痛いくらいだ。

こんな光景を見られる日が来るとは、夢にも思わなかった。私の人生において常に付き纏（まと）った〝愛人の娘〟という呼称——それはこの瞬間を境に〝結城総帥（そうすい）夫人〟となったのである。

「見てみろ、関わった全ての人が祝ってる。皆、おまえの味方だ。『私の出る幕はなかった』？　違うね。どれも恋が動かしたものだ。素性なんか取るに足らないもんだ。堂々としてろ」

ここでようやく、来賓だけに向けられていた体がこちらを向いた。

頬に手を添えられ、肌が色付く。カールした腰までの髪がふんわりと風に舞う。そうすると、バストの下に切り替えの入ったドレスのアンピールラインが露わになり、廉の視線はじきにそこへ届いた。

婚約指輪のつもりであろう指輪は、左薬指に嵌めてきた。そして、選択を託されたこのドレス。私の意思を理解した廉の、ぐにっと眉をひそめて無理に照れを隠したような、らしくないその表情を私は一生忘れないと思う。

「れーん。まじで？　デキてんの、おまえ」

「そうみたい。昨日婦人科にも行って確認してきた！　もう、大勢の前であんな大胆なドレス着せようとして。えっち」

「とんでもなくいい女をものにしたんだ、自慢したくもなるだろ。まあ、こっちのドレスでも変な虫がついたのは俺の大誤算」

「二ヶ月も放置しといて、よく言う」

「これでも最速で頑張ったんだ。許せよ」

「うん。うん！　総帥就任おめでと――え？」

その時、就任式仕様の赤い背景が消え、次の瞬間には眩いほどの光が私達を包んでいた。プロジェクションマッピングによって水のベールに映し出されたものは、数多の陽が差し込むチャペル。

雲一つない夜空には無数の星達が瞬き、噴水の飛沫一粒一粒には光が乗ってキラキラと煌めいていた。

「綺麗……」

拓真さんと凛さん、そして緒方先生が階段下でにやにやと合図を送っている。どうやら、チームメンバーからの贈り物のようだ。

「恋。結婚すんぞ」

その言葉を聞いたのは二回目。一度目は仕事の一環である模擬結婚式で。「まためぐり逢えたら」の条件付きだった。本当にもう一度聞ける日が来るなんて、にわかには信じがたい。

「えー、どうしよっか……わ!?」

ついあの時と同じ返しをしてしまったわけだが、それを言い切ることは許されなかった。お尻を支えるように抱え上げられ、体ごとふわっと浮く。

「二度も迷わせるか、ばーか」

少しだけ廉を見下ろす位置にある。それでもどうしても優位に立った気がしない。してやったりと言わんばかりの傲慢な笑みがそこにある限り。

「いいぞ。もう堂々と俺を欲しがって」

「……いいの？」

「忘れたか？　恋が欲しいものは俺が全て握ってる。おまえはただ、俺にねだればいい」

思えばあの日から……廉はこの日が来ることを知っていたに違いない。

――王様の花嫁というこの席は、ずっと用意されてたんだね。

「廉のお嫁さんにしてください」

「言われなくとも」

光が零れる中で、首の後ろに回していた手をそっと廉の頬に添えた。

「ありがとう。しあわせ」

そう私から短いキスをすると、新たに、輝くような、それでいて悪戯っぽい笑みが広がる。

それでもじきに、二つの笑みがふっと消えた。心から愛する人と結ばれる幸福感、会えない日々に募った恋慕――込み上げる想いがありすぎて。

吐息が肌を掠める距離で、暫くただただ見つめ合っていたと思う。

「恋、あいしてる」

沈黙からのふいうちに、胸ばかりか子宮までもがぎゅんと縮み上がった。ついでに泣きそうだ。

来い、と誘う軽い口付けに応えたなら最後――どこまでも深く溺れていく。

自分の両手が塞がっていようが、廉はお構いなしである。キスと言うより、下から喰いつくに等しい。一度この唇を緩めたらもう、あとは喰い尽くされるだけ。

「……このまま部屋行くか」

「まだ終わってないよパーティー」

「どうにかなんだろ」

「だめ。主役でしょ、廉。この後はご挨拶に回らないと」

「～～～秘書みたいなこと言ってんじゃねーぞ」

「花嫁の前に秘書です」

「ふざけんな。あー、こけしに見えてきた……」

むすっとして拗ねた顔をして見せるわけだが、それすら愛おしい。

「廉って案外我慢がきかないよね」

「おまえにだけな。くそ、終わったら覚えとけよ」

ぶつぶつ言いながらも、なんだかんだ結城のトップである。大人しく私を下ろし、今度は私の手を引いて階段を降りると、広場に集まった来賓の相手を始めたのだった。

「私は飲み物を持ってまいりますね」

「いや、いい。すぐ終わる」

でも、と爪先を外へ向けたところ、ぐいと腕を引かれ容易く引き戻されてしまう。

「いいからおまえはここに――一生俺の手が届くとこにいろ」

――さりげなく、唐突に、プロポーズしてこないでほしい。

そうは思っても嬉しくてどうしようもなくて、逞しい腕にぎゅうぎゅうしがみつく。人目なんて気にしていられない、甘えたでいい、一生離れないんだから。

「いるーっ！」

――覚悟して、王様。いえ、旦那様。


宴もたけなわ。パーティーもそこそこに、廉と私はこっそり会場を後にした。

これでもきっちり来賓全員に挨拶を済ませている。一人当たり数秒というハイスコアで首尾良くこなし、私を抱きかかえた新総帥（そうすい）は現在、ホテルの廊下を爆走していた。

「ね、ねぇ、本当に大丈夫なの？　黒服がいっぱい追い掛けてきてるけど」

「ああ、問題ない」

聞いた話では、公式の式典にはＳＰまでついているという。改めてとんでもない男に嫁ごうとしているのだと思い知らされる。

「おい、おまえらはここで待て。誰も部屋に近づけんな――あと、耳栓してろ」

「「「⁇　はい！」」」

ＳＰ達が廉の気迫に押される中、一人残った強者は総帥（そうすい）の秘書らしき男だった。

「もう働かねーぞ、俺は」

「明日一日オフにしております。奥様とごゆっくりなさってください」

「有能」

そうして側近らを一掃した王様はとある一室に入る。かつてはＣＥＯ室だったスイートルームである。

扉をくぐった途端に抱えた体を下ろされ、玄関先でいわゆる壁ドンをされる。しかしそのシチュエーションより、密かに「奥様」の響きに感動していた。偽装妻の時とは遥かに重みが違う。

「……体調は？」

「え？　あ、大丈……んっんン」

まともに返事もさせてくれない、せっかちな王様である。私はキスを受け入れるだけで精一杯だというのに、この男は器用すぎた。

シフォン素材でくしゃっとしたデザインのバストラインがかすかに緩む。肩紐はないため、背中の編み上げ紐を解かれてしまえば、やがてドレスは床に落ちた。

「待って。もっとよく廉の顔見たい」

「こっちはそんな余裕ねーよ」

目の前で、荒々しくシャツの襟元が緩められる。理性を失う寸前だと吠えるように。

まだウェディングシューズも履いたままだというのに、廉が躊躇なく私の片脚を腕に引っ掛ける。

スキンのパッケージを歯で開ける、そのなんとも扇情的な仕草にぞくりと腰が仰け反る。

「あ……うそ、むり。まだ挿入らなっ」

と、思いきり抵抗してみて、すぐに赤面する。自分でもどうかしていると思う。ちょろいくらいしっかり、男を受け入れる準備ができていたのだから。

「おまえ、ほんと呆れるほど俺に弱いな」

「――っ」

廉の前では下着などなんの意味もなさない。難なくショーツを突破した雄の熱が、私の形を確かめるようにゆっくり奥へ奥へと進んでいく。

「れーん。なかにいくほどぐずぐず」

「ぁ……あ。あ……んっ」

——あ……きもち……これだけでイっちゃいそ……

「全部挿入った」

「も……馬鹿」

なんとなくわかってしまった。見つめ合うより抱き合うより、まず確実に繋がりたがったわけを。

そもそも人は二人で一つの体だったという説がある。二つに分かれたものが、かつての片割れを求めて常に一緒にいたいと願うようになるのだそうだ。そこから〝魂の片割れ〟〝二人で一つ〟などと言われる——〝ベターハーフ〟。

おかしな話だけど、一度離れた私達は今、本当に一つに溶け合ってしまうんじゃないかと感じていた。

それなら、本来の姿に戻ろうと惹き付け合うものが恋で、その衝動がセックスなのかも知れない。

「これが欲しくて仕方なかった癖に」

「違、くはないけど。私が欲しかったのは廉だよ。会いたくて……会いたくて」

「ほんとに。どうにかなりそうだった」

——廉……も？

「ね。もどかしっ」

「動いてほしいの？」

「ん。ほし……い。な……か、廉でいっぱい、めちゃくちゃにして」

首にぶら下がり、私から唇を寄せた。そうしたら廉はたまらないといった感じでジャケットを乱暴に脱ぎ捨てる。じっと待っていられなくて、私は目の前のボタンを片っ端から外していった。程なくして、私のビスチェか廉のシャツ——どちらが先に床に散ったかわからない。繋がったまま、途方のない激情が溢れて……零れ落ちる。

「～～～この。俺殺しが」

喉の奥から絞り出したような声。全身が……心の隅々までが、恍惚に染まった。呆れるほど求められていることに。

しかし廉が動き出すことはなく、ごく自然に二人の間に沈黙が下りた。準備万全になって、ぶつけるだけぶつけて、どちらからともなくこつんと額を合わせ、クスクスと吐息を散らす。

「おいイジメか。無理させらんねー身体で、全力で煽ってんじゃねーぞ」

「うん。暫(しばら)くはほどほどにしとこうね」

新しい命がここに宿ってくれている以上、きっと今までの私達らしくとはいかないことも多いのだろう。

恋(こい)をするために生まれてきた私が、たった一つ望んだ恋(こい)。それが大輪の華を咲かせたのだから。

ただ知っていてほしかった、知りたかった——生涯のうち、たった六十日会えないだけで容易く欲情が振り切れるほどに欲しがってしまうのだと。

「風呂行くか。洗ってやる」

そうして入浴後にドライヤーまでかけてくれたのだが、私の髪が長すぎるせいかびっくりするほど下手くそで、廉でも苦手なこともあるのかと、思わず笑ってしまう。

「明日、役所行こうな」

「うん。あ、でも」

「証人の欄は親父と市井社長がサイン済」

——なんて手際の良さ。

「ね。気づいてた？　私達、結婚したら同姓同名になるの。漢字は違うけど。役所で名前呼ばれたら、二人で返事しちゃうね」

「最高。まさに二人で一つ」

「え？」

「そういうのをベターハーフって言うらしい」

——知ってる！

なんて、たわいない会話をしながら一晩中くっついていた。廉がソファに腰掛ければその横に座り、歯磨きも洗面台に並んで一緒に。ベッドに転がると一目散に腕の中へ飛び込んだ。

正直自分がここまで甘えん坊だとは思わなかった。だけどこんな私でも、まるっと包んでくれるとわかっているからやめられない。

「俺と恋の子か。最高の遺伝子だな」

「自分で言う？」

「男か女かわかるのいつ？」

「んー、まだ全然先じゃないかな」

たまに確認するみたいに私のお腹に触れる。まだ感じることはできないくらい小さいだろうに。

「でもなんとなく……」

「俺もそんな気がしてる。二人で守っていくぞ」

「——っ、うん。うん！」

大切なものが一つ増える。幸せなことではあるが、二人きりの時間は減ってしまうのかも知れない、だけど。

「今日の恋は格別に可愛いな。抱きたいより抱きしめたくなる」

「……うん。ぎゅってして」

いつの時も覚えていて、忘れないで。私、きっといつまでも王様に恋してる——

王様が愛でる恋の華

ホテルのリニューアルオープンからちょうど一年後、廉に託された一年の事業報告書（サクセスストーリー）が完了すると共に、チームは解散となった。

それからさらに一年、くちなしの甘い香りが漂い、幸せの足音が近づいてきそうな季節。気づけば街は幾度も衣替えをしていた。

そんなある日、職場へと戻る途中のこと。あれが女子会というやつなのか、カフェのオープンテラスがウェディングの話題で賑わっていた。

「〝ホテル・ラ・ランコントル〟の水上ナイトウェディング、三年待ちだって」

「知ってる。シンデレラプランのやつでしょ？　プラン名〝できこいマリアージュ〟だっけ」

「確かそう。屋上プールに浮かぶガラスの階段がバージンロードになってて。あんなとこで挙式できたらロマンチックぅ」

「三年も待ってたらその間に別れちゃうかも」

「でもそこまでもてば一生安泰よ。できこいマリアージュで式を挙げると、〝旦那様と一生恋をしていられる〟ってジンクスがあるんだって」

「本当⁉　それなら待つ価値あるかも」

信号待ちの間に聞こえていたＯＬ達の会話に、たまらずぬっと割って入る。

「すみません、今の……細かいようですが〝溺恋マリアージュ〟と読んでいただけると嬉しいです」

「え、誰この美女……」

「突然失礼いたしました。わたくし、結城グループ総帥専属秘書の朝比奈恋と――」

「おまえも結城な」

「……結城恋と申します」

パーティーの翌日、廉と私は無事婚姻を結び、翌年には正式に総帥付のセクレタリーとなった。廉の番というだけでなく、秘書としても、前任の総帥に認められたのだ。

弱音すら吐けない苦しい時期は確かにあったのだが、今までの努力が無駄ではなかったと証明された瞬間だった。王様気質の魅力的な旦那様と、確固たるポジションを手に入れた。

それでもビジネススキルはあなたに遠く及ばない。精進の日々である。

「挙式の際にはぜひ、めぐり逢いを意味するホテル・ラ・ランコントルの溺恋マリアージュをご用命くださいね」

「行くぞ、恋」

「はい！　では」

つい寄り道してしまった私を、呆れた顔で迎えに来てくれたのはもちろん最愛の上司だ。

「え、だから誰、あの超ハイスペックなカップル」

「さあ？　でもなんかめちゃくちゃお似合い……って。このパンフレットのモデル！」

「「最初にここで結婚式挙げた夫婦だ‼」」

「決めた。ここで挙式する」

「私も」

巡りに巡った季節を肌で感じつつ街頭に戻ると、可憐で清楚なすずらんが幸福の音を鳴らしていた。

「ちゃっかり宣伝してんじゃねーぞ、恋」

「だってみんなにも体感してもらいたくて。世界中の幸せを独り占めできる、あの感じ」

それに……チームメンバーに京極社長、ホテルスタッフ――何より、ホテル名の通りあなたとめぐり逢った場所なのだから、贔屓もする。

「京極も持ち直したな」

「持ち直したどころじゃないよ」

あれからすぐのことだった。宿泊は二年待ち。ウェディング事業だけでなくショッピングモールも大盛況。都内人気ナンバーワンホテルとなったのである。

「去年ミシュランの星獲ったらしいぞ」

「本当？　都内一ばかりかワールドクラス？　最高。廉のお陰ね」

「違うね。一番は京極だ」

――あ。こういうとこ、凄く好き。

人の努力をきちんと見ていて、いくら自分の腕が良かろうが決して驕らない。

「恋」

「お義母様の施設へ行かれるお時間は確保してございます」

「さすが嫁」

義母と言ってもあのおぞましい私の義母ではない。廉の実の母のことである。

正直病状は余り思わしくない。一度面会へ行っても次に伺った時にはお義母様の記憶は無に戻っている——それが若年性アルツハイマーという病だ。

毎回が「はじめまして」なのだが、廉はその度に嬉しそうに挨拶をする。「あなたを愛している男の一人です」と。そしてそのうちのもう一人はもちろんお義父様である。

お義父様は今日も元気にしている。手術は成功し、残っている病巣については現在抗がん剤で治療中とのこと。最近は入院せずとも通いで治療を受けられているという。総帥時代は仕事一色だったお義父様も、今は旅行を楽しんでいる。

ビジネスの方向性についてよく衝突するため廉は鬱陶しがっているが、積年の誤解も解け、父子関係もまずまずのようだ。

「恋」

「昼食をとる時間はございません。車内に用意してございます。簡単に済ませましょう」

「恋」

「玉子焼きは私が用意しております。男の人の好みって子供の時のままなのかな。悠と一緒」

「おい、なんか言ったか今」

「いいえ。すぐお車に。お時間が迫っておりますよ、総帥」

「おまえがちんたら歩いてるからだろうが」

「誰のせいだとっ……」

というのも、このところ毎日のように足腰が痛くてたまらないのだ。ただでさえ日中はハードだというのに、毎晩あの調子ではとても体力がもたない。

心おきなくできるようになったとはいえ、少しは加減してほしいものである。

ひとまず今は夫婦喧嘩をしている時間も惜しい。総帥(そうすい)のスケジュールは、分刻みで予定が入っていることもしばしば。そのため自然と、数分に一度時計を確認する癖がついてしまった。

「一度書斎へ戻りましょう、総帥(そうすい)――皆様がお待ちです」

「ああ、今日からか」

「はい」

行く春を惜しむ暇もなく、季節だけでなく私達も周りも常に動いている。変わらないものを抱えた、その全てが。まだ見ぬ未来に新たなめぐり逢いが訪れると信じて。


本社には総帥(そうすい)室が存在するものの、堅苦しいのを嫌う廉は自宅で仕事をしていることが多い。さすが、いち財閥・結城家の書斎とでも言おうか。重厚感漂う扉を開く。すると、総帥(そうすい)の戻りを今か今かと待ちあぐねる人達がいた。

「おっそーい。いつまで待たせる気ー？　気合入れて上げ上げにしてきた睫毛が下がっちゃったじゃなーい」

「知るか。てか凛。俺の書斎で化粧すんな、キラキラした粉が飛ぶ」

「えー、相変わらずうるさーい」

本革張りのソファに腰掛け、念入りにメイクを直している彼女は結城家の御令嬢――結城凛。

「この度は、結城グループの顧問弁護士及び顧問会計士に迎え入れてくださり、ありがとうございます」

「緒方先生しかいませんよ。俺についてこられる腹黒は」

「いやはや、君の無理難題にはもう慣れました。私でお役に立てるのであればどこまでも」

廉と握手を交わしている彼は弁護士と公認会計士のダブルライセンスを持つやり手——緒方道三。

そして最後の一人はというと、勝手にテレビをつけ、ソファにふんぞり返っている。

「ちぇ。まーーた同じメンツかよーー」

「なんだ不満か？　帰っていいぞ。おまえはいてもいなくてもどっちでもいい」

「!!　ごめん廉、最高廉、愛してる、俺一生ついてくっ結婚して」

当初はこの、全くタイプの違う男二人が同チームでやってきたことを不思議に思っていたのだが、今なら理解できる。なるほど、SとMの凹凸がぴったり嵌っている。

「不倫はしない主義なんだ。悪いな拓真」

「あーはいはい。相変わらず胸焼けするほど愛されてんな、恋ちゃん」

「はい。おかげ様で」

全くもって廉らしい。古き悪しき組織形態を断ち切るために定年を過ぎた役員らを一掃し、学歴関係なく実力がある者を役員に選任した。また経営に直接関わる重役とは別枠で特別室を設けた。その特別室に、廉の手腕を熟知している前チームメンバーが総帥（そうすい）側近として結城に招集されたのだ。各々の事情がいち段落し、本日合流となった。

仕事内容はだいぶ変わるが、このメンバーならば王様の大きな支えとなるだろう。

「しょーがないなぁ。拓真は私が一生愛してあ、げ、る」

「りーん！　まじ女神！」

ちなみにこの二人はあれから、依然として結婚を認めてもらえず、拓真さんは当たる度に砕けている。だけど心配はしていない。いつまで経っても、凛さんの婚約者とやらが現れないのだから。

お義父様曰く、折を見て許しを出すそうだ。

緒方先生は一人掛けに。拓真さん凛さんカップルの対面に、私は廉と並んで腰掛ける。こういう時、廉は必ず私の肩を抱いている。

恒例の朝ミーティングが再開したようで、嬉しくてたまらなかった。

「おい、ここをどこだと思ってる。俺の書斎だぞ。イチャコラは他でやれ」

「「おまえがな!!」」

こんなツッコミすら懐かしい。

なんて、季節が幾度巡っても色褪せない空気感に愛おしさを感じていた矢先、新たに加わった小さなメンバーがやってきた。

「──皆様、お疲れ様です？」

「「「何故学生？」」」

「あ、彼は弟の悠です。今この家に一緒に住んでいて。皆さんよろしくお願いしますね」

新総帥就任パーティーから数ヶ月後、父と義母の離婚が成立した。樹奈は当然の如く義母が引き取り、悠の親権は父にある。

仕事人間の父は忙しい生活に戻り、ほとんど家に帰っていない様子。そこで、将来市井を継ぐ長男として育ててやると言う廉の提案で、当面結城家で預かることになったのだ。

「はじめまして。姉と義兄がいつもお世話になっております」

指示がなくとも丁寧にお辞儀をする悠に、成長を感じる。思わず目頭が熱くなった。

「とても礼儀正しい子ですね。さすが恋さんママ」

「はい自慢の息子です。緒方先生、ありがとうございます」

「……可愛い」

「待て凛。それは犯罪だ」

拓真さんがムキになって凛さんの目を隠すのを横目に、悠が思い立ったように廉の腕に飛び乗る。体育会系ボディは中学生が体当たりしてもびくともしない。

「お義兄様——！」

「おー悠。また少し背が伸びたか？」

「俺、廉にぃみたいにでっかくなるんだ！」

「いいな。今夜は肉にすっか」

悠は廉が大好きなのだ。当時は悠まで気にかけてくれたことにとても驚いた。快くこの子を迎え入れてくれて、心から感謝している。

と、そんな中、悠がチラチラと私を窺うので、ピンときてしまう。恐らく扉のすぐ向こう側にいるあの子にお手上げ状態になり、ヘルプを求めに来たのだろうと。

「ごめんね、ずっと見てもらってて」

「こんくらい！　俺も恋に育ててもらった恩があるし。でも全然泣き止まねーんだ、恋助けてっ」

「ありがとう悠。おいで——凱」

危なっかしいよちよち歩きで私を目指しているこの子が廉と私の子、そして今のところ結城家唯一の跡取り——結城凱である。

悠と結城家の使用人が面倒を見てくれているお陰で、私は仕事をさせてもらえている。

「マンマ。ァ〜!!」

一歳五ヶ月になった凱は、少しずつお喋りができるようになった。初めて覚えた言葉は「まんま」。もう可愛くて仕方ない。抱き上げた我が子をたまらず抱きしめる。

「がーい。ごめんね、もうちょっと悠と待っててね」

「ぅ……う。あーい！」

泣き腫らした瞳がまた可愛い。覗き込むメンバーの顔をきょとんと見上げている。

「さすがママ。抱っこしたら一瞬ね。凱くんの口元、可愛らしくて恋ちゃんそっくりー」

「いやいや凛。貫禄がもう既にやばいから。廉ジュニアとか、想像を絶するな」

「さすが一発必中の御子息ですなー」

「先生オブラート〜！」

こうしてチームメンバーも凱を親戚の子のように可愛がってくれている。

こんなにも温かな人達に出逢わせてくれた。あなたが私にくれたものの数々の……ありがたさに、胸を打たれるばかりである。

「マンマァ、マーマっ！　ぱーぱっ」

私の抱っこで機嫌は直ったのだが、その先はパパの担当らしい。少し前までぐずっていた凱が、廉に高い高いをされてキャッキャと笑っている。するとそのうち、パパの目線がこちらへ向く。

「恋。ここなら空いてるけど？」

「行くーっ！」

左腕にしがみつく悠、右腕で抱えられた凱——両手が埋まっていようと、どんなに忙しかろうと、ここにはいつだって私の場所がある。

「来たな、甘ったれ」

「呼ばれるの待ってた！」

迷わず胸のど真ん中へ飛び込むと、必ずキスで迎え入れてくれる。旦那様は今日も極上に甘い。

「もっとしとく？」

「やぁだ、後でね」

「いいなー、俺も恋とちゅーしたい」

「悠おまえはだめだ」

大木にぶら下がる私達を見て、拓真さんが不思議そうな顔を凛さんに向ける。

「恋ちゃんってああいう子だったっけ。しっかりしてるし、どっちかっつーと姉御タイプと思ってたんだけど……？　なんか最初とイメージ全然違——」

「女ってね、自分を圧倒的に制する男の前ではMになるんだって。我慢だらけだった恋ちゃんが、唯一甘えられる存在が廉だったたってことじゃないー？」

「なる。唯一無二の相手ねー」

ささやかな休憩時間。「今」にはかけがえのない幸せが零れんばかりに溢れていた。

――お母さん。あなたがしあわせを願ってくれた「恋」は今とても倖せです。

「――先生、拓真、見て！　京極リゾートのウェディングCMやってる～そっか、六月だものね」

「毎年ダブルれんがこうして流れるんじゃ、廉を狙う女除けにぴったりだな」

必然を思わせるタイミングでテレビモニターに流れた偶然。メンバー三人はあの頃を懐かしむようにそれを眺めている。どん底から見事這い上がるプロセスを、間近で見守ってきたのだ。あのホテルは私達にとって子供も同然だ。

「つーか、何度見てもこのウェディングプラン名、身内からすると小っ恥ずかしいな。ったく、廉のやつ趣味で仕事しやがって」

「いーじゃないの。結果的に、独身女子の心を鷲掴みにするシンデレラプラン～なんて言われるようになったんだし」

「ええ。花嫁が現代版シンデレラの恋さんだからこそ、夢があります」

〝恋に溺れた王様がたった一つ希ったマリアージュ〟――あなたにも素敵なめぐり逢いと、得難い倖せが訪れますように。

結婚を約束した彼との幸せな未来を夢見る絵梨（えり）。ところが、ようやく迎えた婚約披露の日、彼の隣で笑っていたのは何故か自分の後輩だった！　絵梨はどん底まで突き落とされたが、思いがけない転機が訪れる。なんと、偶然知り合った謎のイケメン、雅翔（まさと）から、元カレたちへの“復讐”を提案されたのだ。戸惑う絵梨だったが、気付けば雅翔のペース。彼のおかげで本来の美しさを引き出された絵梨は周囲からも注目を集めるように。しかも雅翔は、会うたび恋人のように甘くて…

B6判　定価：704円（10％税込）　ISBN 978-4-434-28985-9

この作品に対する皆様のご意見・ご感想をお待ちしております。

おハガキ・お手紙は以下の宛先にお送りください。

【宛先】

〒150-6008 東京都渋谷区恵比寿4-20-3 恵比寿ガーデンプレイスタワー8F
（株）アルファポリス　書籍感想係

メールフォームでのご意見・ご感想は右のＱＲコードから、
あるいは以下のワードで検索をかけてください。

アルファポリス　書籍の感想

ご感想はこちらから

本書は、「アルファポリス」（https://www.alphapolis.co.jp/）に掲載されていたものを、改稿、改題のうえ書籍化したものです。


溺恋（できれん）マリアージュ。

～偽装妻（ぎそうづま）なのに極上（ごくじょう）ＣＥＯにとろとろに愛（あい）されています～

碧まりる（あおい まりる）

2021年6月30日初版発行

編集－堀内杏都・倉持真理
編集長－太田鉄平
発行者－梶本雄介
発行所－株式会社アルファポリス
〒150-6008 東京都渋谷区恵比寿4-20-3 恵比寿ガーデンプレイスタワー8F
TEL 03-6277-1601（営業） 03-6277-1602（編集）
URL https://www.alphapolis.co.jp/
発売元－株式会社星雲社（共同出版社・流通責任出版社）
〒112-0005 東京都文京区水道1-3-30
TEL 03-3868-3275
装丁イラスト－小路龍流
装丁デザイン－AFTERGLOW
（レーベルフォーマットデザイン－ansyyqdesign）
印刷－図書印刷株式会社

価格はカバーに表示されてあります。

落丁乱丁の場合はアルファポリスまでご連絡ください。

送料は小社負担でお取り替えします。


ISBN978-4-434-28870-8 C0093